FOLIO POLICIER

Matilde Asensi

Le salon d'ambre

Traduit de l'espagnol
par Carole d'Yvoire

Gallimard

Titre original :

EL SALÓN DE ÁMBAR

Née en 1962 à Alicante, Matilde Asensi a fait des études de journalisme à l'université de Barcelone et a travaillé pour plusieurs radios et journaux espagnols. Elle est l'auteur de *Iacobus* et de *Le dernier Caton* qui l'ont fait d'emblée comparer à Arturo Pérez Reverte.

1

Tandis qu'au centre de la place animée du Mercado Chico un membre de l'Inquisition jetait au feu des livres jugés hérétiques, je luttais désespérément à deux rues de là pour sortir du garage ma BMW 525 RDS neuve rouge métallisé. J'étais bloquée par la marée de retardataires qui déferlait vers la fête médiévale organisée par la municipalité. Les réjouissances avaient commencé depuis plusieurs jours déjà et, comble de malchance, de bruyants conclaves de mendiants, des ventes d'esclaves, des tournois de chevaliers et des exécutions de vendeuses de remèdes et reliques se déroulaient quotidiennement juste devant la porte de mon immeuble. Découragée, je me reprochai de ne pas avoir été plus maligne et de ne pas m'être organisée pour passer ces quelques jours hors d'Avila et de son effervescence, à la campagne avec Ezéquiela, en laissant mes concitoyens s'amuser comme ils le désiraient pendant mon absence. Mais je venais tout juste de rentrer d'un long voyage, et j'avais besoin de me retrouver entre mes murs, de profiter du confort de mon lit et d'un peu de… tranquillité. Non, ces maudites fêtes municipales ne me réussissaient pas du tout !

Je klaxonnai discrètement et fis des appels de phares pour que le fleuve humain se décide à me céder le passage, mais ce fut peine perdue. Je dus retenir une violente envie de meurtre quand un groupe d'adolescents tendance *heavy metal* s'amusa à frapper de manière répétée sur mon capot, avec des gestes obscènes et des éclats de rire bruyants. Et je me jurai encore une fois, comme en beaucoup d'autres occasions, que c'était la dernière fois que je me retrouvais enfermée à l'intérieur des murs de la ville à la merci d'une telle meute.

Évidemment, si cela n'avait tenu qu'à moi, jamais je ne serais sortie en de pareilles circonstances. Mais j'avais reçu un coup de fil impérieux de ma très chère tante Juana, à qui je comptais d'ailleurs rendre visite le lendemain pour mettre un terme à l'affaire de Saint-Pétersbourg. Et quand ma tante prend son ton le plus autoritaire et vous dit : « Tout de suite ! », personne n'oserait lui désobéir, pas même l'armée américaine avec Patton à sa tête.

— N'oublie pas ta veste, le temps se rafraîchit, m'avait prévenue Ezéquiela qui regardait la télévision dans le salon, et salue de ma part cette… Enfin, tu la salues, c'est tout, ajouta-t-elle avec froideur.

La vieille Ezéquiela travaillait pour ma famille depuis l'âge de douze ans. C'est ma grand-mère qui l'avait sortie de son hameau de Blasconuño, au nord de la province. Ezéquiela avait ainsi vu naître mon père et ma tante, elle avait enterré mes grands-parents, avait servi loyalement mes parents et plus tard, à la mort de ma mère, m'avait élevée. Sa tendresse et sa fidélité n'avaient d'égale que l'irréductible hostilité qu'elle manifestait envers ma tante : Ezéquiela gardait un souvenir très vivace du mauvais caractère et de l'aigreur de la jeune Juana, et elle n'avait jamais réussi à lui pardonner de vieilles offenses qui l'avaient profondément blessée des années auparavant.

Je parvins enfin à quitter l'enceinte fortifiée par la chapelle de San Martin et, l'esprit plus serein, traversai maintenant le pont Adaja pour prendre la route de Piedrahita. Une demi-heure de conduite m'attendait. Je la passai à écouter les nouvelles à la radio : le président russe, Boris Eltsine, s'obstinait à vouloir faire accepter par le parlement Tchernomyrdine comme Premier ministre, et la Douma, dirigée par les communistes, refusait avec opiniâtreté et menaçait, si Boris insistait, de déclencher la Troisième Guerre mondiale ; de son côté, le président américain Bill Clinton, inquiet de la publication imminente de sa liaison avec Monica Lewinsky, s'obstinait à défendre l'énorme différence qui existe entre des relations sexuelles et des relations inappropriées. À cause de ces problèmes pourtant bien insignifiants, toutes les Bourses financières de la planète étaient en chute libre, et le développement économique en pleine récession, même si, semblait-il, aucune affaire n'était aussi importante pour notre pays que le refus de Javier Clemente, sélectionneur national de football, de céder son poste, après la raclée que nous avions reçue pendant le Mondial lors des matchs contre la France et Chypre.

L'embranchement vers Molinillos de Trave apparut à ma gauche. Cinq cents mètres plus loin, appuyée au flanc de la montagne de la Vision, se profilait, découpée par la faible lumière de la lune décroissante, l'énorme silhouette bleutée du monastère de Santa Maria de Miranda dont le clocher, en forme de lanterne octogonale, semblait menacer le ciel avec autant de virulence que le poing levé de ma tante dans un de ses jours de mauvaise humeur. Je n'ai jamais compris pourquoi Juana avait décidé de s'enterrer dans cet endroit après avoir joui de tous les plaisirs de la vie. J'avais alors environ dix ans, et je me souviens de violentes disputes entre elle et mon père. Un jour même, pour lui prouver à quel point sa décision était inébranlable, et sa ferveur religieuse inentamable, elle finit par lui jeter à la tête une petite boîte perse de bronze datant du huitième siècle. Il en eut le front ouvert sur trois centimètres. Après cet incident, ils restèrent très longtemps sans se parler. Juana prononça ses vœux et se transforma, à la grande surprise de tous, en une rédemptoriste soumise et disciplinée de la congrégation de Saint-Philippe-de-Neri, portant l'habit noir et la toque blanche. Néanmoins, comme le frère et la sœur étaient tous deux imprégnés de l'esprit pratique de la famille Galdeano, ils finirent par se revoir, gardant cependant dans leur attitude une froideur aussi glacée que leur orgueil respectif.

J'arrêtai la voiture devant la grille en fer forgé du monastère et attendis qu'une des religieuses dévale la pente en courant pour m'ouvrir. Il était presque dix heures du soir et, selon la règle en vigueur, elle aurait déjà dû être couchée après avoir prié complies, comme toute la communauté. Je fus donc étonnée de voir autant d'animation et de lumières à la porte de l'édifice.

Sœur Natalia, ahanant après sa course et l'effort de tirer les lourds battants de fer forgé du portail, ouvrit le guichet, les yeux brillants, avec un grand sourire qui découvrait deux rangées de dents blanches. Je soupirai avec résignation... Natalia se portait toujours volontaire pour m'ouvrir la grille si en échange je la faisais monter dans ma voiture pour effectuer le court trajet de retour. Un jour, me dis-je, pleine de mauvaises intentions, un jour je démarrerai sans l'attendre et je l'abandonnerai en bas sans miséricorde.

— Quelle jolie voiture tu t'es achetée, Ana ! Pourvu qu'elle te dure plus longtemps que les autres ! s'exclama-t-elle en laissant tomber ses quatre-vingt-dix kilos sur le siège rembourré de ma BMW.

Depuis que je la connaissais, Natalia n'avait cessé d'augmenter scandaleusement de volume.

— Pourquoi t'es-tu faite religieuse, Natalia ? J'ai toujours dit que tu aurais du être l'amante d'un cheik millionnaire.

— Quelles bêtises ! dit-elle, enchantée, en riant à gorge déployée.

S'il y a bien quelque chose qui me tue chez les religieuses de ce couvent, c'est leur ingénuité et leur parfaite imperméabilité à toutes les horreurs que je suis capable de leur débiter.

Raide comme un sergent et immobile comme une statue, ma tante m'attendait à l'intérieur de la conciergerie. Juana venait tout juste d'avoir cinquante-sept ans, mais grâce à cette mystérieuse capacité de conservation dont jouissent les épouses du Christ, elle en paraissait à peine quarante. Son long visage anguleux aux cernes marqués, aux lèvres fines était identique à celui de mon père, et au mien. Seuls ses yeux bleus n'avaient rien à voir avec ceux des Galdeano, mais le secret de leur exotique et illégitime origine restait encore à éclaircir. Heureusement, la raideur de Juana n'était qu'une pose. Tandis que je m'approchais, son attitude s'adoucit et elle me serra dans une longue étreinte sous la mine confite des sœurs qui l'entouraient, et le sourire étincelant de Natalia.

— Alors, Saint-Pétersbourg, c'était comment ? me demanda-t-elle. Je suis sûre que tu as maigri, je te trouve trop mince…

— Il n'y a pas grand-chose à manger en Russie, grognai-je en me rappelant les maigres portions de chou pommé, semoule de blé et betterave que j'avais dû avaler pendant une semaine.

— Oh ! Seigneur.. Nous prierons pour ces pauvres gens.

— Formidable, comme ça le pain leur tombera du ciel. Mais il vaudrait mieux que tu demandes de la vodka, l'hiver est dur là-bas, tu sais.

— Ana Maria !

De mon point de vue d'athée récalcitrante, le pouvoir de la prière auquel ma tante accordait tant de confiance constituait un mystère. Pourquoi ne pas se montrer plus pratique et agir de manière réellement utile ?

— Et Ezéquiela ? me demanda Juana à cet instant en changeant de sujet. Comment va-t-elle ?

— Bien, très bien, elle va très bien. Je l'ai laissée à regarder la télévision.

— Tu lui transmettras mes amitiés.

— Ma tante, protestai-je, tu sais parfaitement qu'elle ne veut rien savoir de toi. Je refuse de subir encore une fois la litanie de reproches qu'elle garde dans son cœur.

— C'est la femme la plus têtue et obstinée que je…

— Tu peux parler ! m'exclamai-je en essayant de cacher un sourire, mais ma tante me regarda avec amertume : le mépris dans lequel Ezéquiela la tenait la brûlait comme un fer rougi.

Tandis que nous avancions côte à côte vers l'intérieur du couvent, je la regardai longuement à la dérobée : elle était toujours aussi belle avec cet éclat bleuté dans les yeux qui contredisait l'expression dure de son visage et de ses sourcils éternellement froncés. En réalité, c'était une femme de cœur, bien meilleure qu'elle ne voulait elle-même se l'avouer, et elle avait un faible pour sa nièce favorite, c'est-à-dire moi. Mon instinct de survie me rappela cependant qu'avec Juana il ne fallait pas se laisser aller aux sentiments, et qu'une seule raison avait pu la pousser à requérir ma présence de cette façon pressante : l'argent et encore l'argent.

Le monastère et la communauté survivaient grâce aux rentrées procédant des activités que

Juana avait mises en place ces dernières années. Ainsi, les religieuses les plus anciennes fabriquaient des pulls et des bleus de travail pour les ouvriers des usines de la province ; d'autres confectionnaient des gâteaux et autres spécialités de la région comme les *yemas* de sainte Thérèse[1] qu'elles vendaient à prix d'or dans une petite boutique installée près de la porte du couvent ; les plus jeunes avaient suivi des cours de reliure et réalisaient des travaux pour des imprimeries et quelques riches particuliers. Il y avait même une novice qui, en échange d'espèces sonnantes et trébuchantes, concevait des sites Internet pour les organismes et institutions chargés de l'Église et du patrimoine national. Tout ce qui pouvait rapporter de l'argent était bon pour ma tante. Néanmoins, même si elle avait réussi à implanter chez les nonnes un esprit d'hyperproductivité comme elle aurait certainement aimé le faire, elle n'aurait pu réunir les nombreux millions dont elle avait besoin pour faire face aux interminables travaux de restauration qui maintenaient debout ce vieux monastère du douzième siècle.

— Alors, que faut-il réparer cette fois, ma tante ? dis-je d'un air narquois tandis que nous traversions le cloître hexagonal et nous dirigions vers la salle du chapitre et des archives.

— Ne sois pas si impatiente !

Je souris. Ma tante avait toujours aimé les secrets.

— Il faut d'abord que j'aille faire un tour au

1. *Yemas* : sucreries à base d'œuf. (*N.d.T.*)

cachot, la prévins-je en m'arrêtant près d'une double colonne du cloître, et en lui montrant d'un geste de la main le sac que je portais à l'épaule.

Ma tante acquiesça d'un signe de la tête.

— Je m'en doutais.

Une des parties les plus anciennes du couvent, celle qui pendant huit siècles avait hébergé les cellules des religieuses, était devenue inhabitable peu après l'arrivée de ma tante au couvent. À l'époque, la mère supérieure décida de la fermer et de déménager les chambres des sœurs vers la partie orientale. Quand la chère femme passa de vie à trépas et que Juana fut élue à sa place, celle-ci fit rouvrir ces dépendances datant du Moyen Âge, leur offrit un brin de toilette rapide avec un étayage par-ci, une nouvelle cloison par-là, un peu de chaux et de peinture, et lança une entreprise illégale de garde-meubles. À ma connaissance, presque toutes les familles d'Avila louaient une de ces vieilles cellules dans lesquelles, pour un modeste loyer versé tous les mois qui variait selon la taille de la cellule, elles gardaient toutes sortes de vieilleries. La fille d'une vieille amie de ma tante, épouse d'un militaire qui changeait fréquemment d'affectation, possédait ainsi trois cellules réservées de manière permanente.

Quand j'étais petite, par une erreur naturelle due à la polysémie du mot, je croyais que les cellules étaient des cachots où l'on enfermait les religieuses la nuit. Mon père garda ce nom de « cachot » pour désigner l'endroit où il cachait certains objets qu'il ne pouvait conserver ni dans l'entrepôt de la villa ni dans l'arrière-boutique de son magasin au cas où la police aurait soudain l'idée de lui faire une visite imprévue.

— Tu as eu un problème au travail ? me demanda-t-elle avec un souci tout maternel tandis qu'elle faisait tourner l'épaisse clé de fer dans la serrure.

— Aucun, répondis-je en poussant la porte qui grinça. Tout s'est déroulé comme prévu.

— Dieu soit loué.

Une bouffée d'air ranci et vicié assaillit mes narines quand j'entrai dans cette grande salle qui, des siècles durant et jusqu'à l'arrivée des rédemptoristes, avait été la cellule des mères abbesses bernardines, et qui servait maintenant de planque et de repaire à la famille Galdeano. Des formes renflées couvertes de tissus poussiéreux et faiblement éclairées par la lumière d'un soupirail à barreaux m'accueillirent, me procurant ce sentiment réconfortant que tout était en ordre et que je me trouvais bien à ma place. Cela me réchauffa le cœur. Bien des années auparavant, alors que j'étais encore petite, mon père me laissait jouer là, tandis qu'avec son ami Roi, qui alors ne s'appelait pas encore ainsi mais Philibert, comte Philibert de Malgaigne-Denonvilliers, il y passait des heures à ranger et cataloguer les différents objets qui, pour une raison ou une autre, ne finiraient pas dans l'entrepôt de notre villa comme tant d'autres pièces qui arrivaient par camions de différents points du pays : des crucifix romans, des retables gothiques, des images de saints et de vierges, des colonnes de marbre polychrome, des couronnes serties de pierres précieuses, des calices d'or et d'argent, des manuscrits anciens enluminés, des meubles, des tapisseries, bref, une quantité innombrable d'antiquités de grande valeur.

Je n'avais pas besoin de soulever les tissus pour savoir ce qui se cachait en dessous. Je connaissais de mémoire la majeure partie de ces précieux objets. Au fil du temps beaucoup finiraient par atterrir dans les demeures, palais et châteaux des plus riches collectionneurs d'art du monde, où ils occuperaient enfin une place privilégiée. Dans les années soixante et soixante-dix, l'Espagne s'était montrée bien plus préoccupée par l'arrivée des touristes sur ses plages de Benidorm et Marbella que par son patrimoine historique et culturel. L'institution la plus indifférente à la valeur séculière de ses propriétés fut l'Église catholique qui, en se servant de gitans comme d'intermédiaires, avait vendu pour une bouchée de pain ses œuvres d'art.

Au début, le commerce de mon père avait été tout à fait légal. Il avait toujours aimé les belles choses, et cette passion l'avait conduit à voyager à travers le monde entier où il achetait des antiquités et collectionnait des tableaux de peintres flamands du dix-septième siècle. Peu après son mariage, le patrimoine familial acquis avec la construction des premiers chemins de fer vint à disparaître de manière définitive. Mon père pensa alors que, puisqu'il devait se mettre à travailler et qu'en Espagne il n'y avait pas de bons antiquaires, ce serait une idée excellente de s'établir à son compte et d'ouvrir un commerce si bien adapté à ses goûts.

À cette époque, l'Espagne représentait un filon inépuisable d'œuvres d'art. « Ce pays regorge de trésors dont personne ne s'occupe et que personne n'apprécie ! » s'écriait mon père, scandalisé, quand il rentrait de l'un de ses nombreux voyages en Galicie, aux Asturies, en Castille, en Navarre ou en Catalogne. Tout ce qu'il achetait aux curés ou aux évêques par l'intermédiaire des gitans, il le revendait immédiatement pour des sommes astronomiques. Quand les camions arrivaient chargés à ras bords à la villa, des dizaines d'antiquaires, marchands et collectionneurs étaient déjà là, attendant avec impatience les marchandises, quel qu'en fût le prix. Un de ces premiers collectionneurs fut le comte Philibert, un aristocrate français qui vivait dans un château au cœur du pays de la Loire. Il finit par devenir un des meilleurs amis de mon père. Ce fut lui qui le fit entrer au Club d'échecs.

— Tu en as encore pour longtemps ? me demanda ma tante qui attendait de l'autre côté de la porte.

Elle n'entrait jamais dans le « cachot », c'était sa façon à elle de ne rien savoir.

Je détachai de mon épaule le sac de cuir et le posai délicatement sur une table. Je défis avec un soin minutieux les cordons qui le fermaient et écartai les bords pour dévoiler une magnifique icône russe du dix-huitième siècle. Mes mains, qui l'avaient manipulée et soutenue avec précision et froideur pendant que je la dérobais sur l'iconostase de la petite église orthodoxe Saint-Dimitri, la caressaient maintenant avec tendresse et affection comme s'il s'agissait d'un chaton délicat. Une

Vierge à l'enfant, vieille de plus de deux cents ans, au visage stylisé et hiératique, me contemplait en silence. Le moine qui l'avait peinte avait obéi à des procédures demeurées inaltérées tout au long des siècles. Peindre une icône, ce n'était pas du tout la même chose que peindre un tableau religieux à la façon d'un Zurbarán ou d'un Murillo. Pour un moine orthodoxe, c'était un acte sacré qui commençait par une oraison et un jeûne avant la préparation des colles et pigments. La tradition voulait que toutes les couleurs possèdent une signification stricte : le bleu représentait la transcendance, le jaune et l'or la gloire, et le blanc la majesté. Avant d'employer le blanc par exemple, le moine devait consacrer de nombreuses heures à la prière et à la pénitence. Il en allait de même avant de commencer à peindre les visages, les mains et les pieds, les parties les plus importantes de l'icône, celles qui n'étaient pas couvertes par des habits et donnaient à l'image son caractère réellement sacré. De fait, à partir du neuvième siècle, et l'image que j'avais sous les yeux n'était pas une exception, l'habitude de recouvrir d'une couche d'or ou d'argent appelée *rizza* la totalité de l'œuvre à l'exception de ces parties du corps qui devaient rester à l'air s'étendit massivement en Russie.

La brusque interruption de la production d'icônes en 1921 avait eu pour résultat de réveiller l'insatiable convoitise des collectionneurs. J'avais volé cette merveille sauvée de la destruction définitive grâce à la perestroïka pour l'un d'entre eux. L'acheteur, un multimillionnaire français discret, avait offert quinze mille dollars. Après avoir considéré le peu de risques qu'entraînerait l'opération, le Club d'échecs avait accepté le travail qui fut, comme toujours, réalisé avec méticulosité. À cet instant même, une exquise et parfaite réplique de l'icône que je tenais entre les mains se trouvait à Saint-Pétersbourg, afin que personne dans un futur proche et lointain ne s'aperçoive du vol. Comme à son habitude, Donna avait accompli un excellent travail.

— Tu as fini, Ana Maria ? voulut savoir ma tante qui s'impatientait.

— Presque, répondis-je, en accrochant l'icône dans un coin avant de la recouvrir d'un tissu propre et de ramasser rapidement mes affaires.

Je jetai un dernier coup d'œil à la cellule et en sortis en m'essuyant les mains sur mon pantalon. Juana ferma la porte, rangea la clé et se dirigea d'un pas pressé vers le cloître.

— Dépêche-toi un peu, il nous reste encore beaucoup à faire.

La communauté dans son entier nous attendait à la porte du vieux *scriptorium* qui occupait maintenant les fonctions de salle d'archives. Les religieuses travaillaient en général dans une partie du couvent proche des cuisines, et mis à part certains historiens et étudiants dûment munis d'une autorisation de l'évêché, personne n'avait accès à ces anciennes dépendances excepté les sœurs chargées de les nettoyer. Ma tante m'invita à entrer d'un geste de la main et d'un autre fit s'éloigner les religieuses qui manifestèrent leur déception par un soupir étouffé.

— Regarde, là, au-dessus des rayonnages consacrés aux quatorzième et quinzième siècles.

Je suivis du regard la direction que m'indiquait son index et distinguai dans le plafond lambrissé une énorme fissure qui laissait la pierre à découvert.

— Que s'est-il passé ?

— Vermoulure et vieillesse, répondit ma tante d'un ton laconique. Je le voyais venir depuis un bon moment. Je t'en ai déjà parlé à Noël, mais tu ne m'écoutais pas.

Je secouai la tête dans un signe de dénégation et la regardai droit dans les yeux.

— À Noël, ma chère tante, tu m'as demandé de l'argent pour réparer les canalisations d'eau des jardins, et je me souviens très bien que je t'ai remis cinq millions le jour de l'Épiphanie, et cinq autres encore en juin quand tu m'as prévenue de la chute imminente du mur du potager.

— Eh bien, tu vois, maintenant j'ai besoin d'un peu plus. Réparer le plafond exige une tâche de restauration délicate, sans compter la nécessité d'en finir une bonne fois pour toutes avec la vermoulure.

Pendant un instant, je ne sus si je devais rire ou hurler.

— Écoute-moi bien ! protestai-je en affrontant mon insatiable tante. Au cours de cette seule année, je t'ai déjà versé dix millions de pesetas. Cela me paraît amplement suffisant ! L'année dernière, c'était sept, et l'année précédente je ne m'en souviens même plus. Pourquoi ne demandes-tu pas l'argent à la « Junta de Castilla y León » ou à ton maudit épiscopat ?

— Je l'ai fait, me répondit-elle d'un ton suave.

— Et ?

J'étais sincèrement révoltée.

— Les experts du ministère doivent venir la semaine prochaine et, avec beaucoup de chance, on pourra commencer les travaux dans deux ans. Je te rappelle qu'il y a en Espagne plus de quarante mille bâtiments de l'Église dans un état pire que celui-ci, qui est catalogué comme présentant un risque modéré. Le temps que ces fameuses aides financières nous parviennent, cette salle ne sera plus qu'un dépôt de sciure. Ce que je te propose, c'est que tu continues à déduire de tes impôts tes généreux dons au monastère comme tu l'as fait jusqu'à maintenant.

Je retins ma colère et baissai la tête pour marmonner quelques abominations sous le rideau protecteur de mes cheveux.

— Combien te faut-il ? finis-je par demander.

— Huit.

— Quoi !

Mon cri alarma les sœurs qui se trouvaient à la porte et l'une d'elles se pencha discrètement ; elle disparut en un clin d'œil sous le regard assassin de ma tante. Les religieuses savaient que je finançais la restauration du monastère même si elles étaient convaincues que j'agissais par pure générosité et affection envers mon unique tante. Grosse erreur. Cette harpie qui n'avait cessé d'extorquer des fonds à mon père pendant des années me détroussait maintenant sans pitié.

— Huit millions, Ana Maria, pas un sou de moins.

— Mais, ma tante… !

— Il n'y a pas de « mais » qui vaille ! Ou tu payes ou j'appelle demain le service du patrimoine touristique de la Garde civile pour qu'ils viennent visiter le « cachot ».

— Canaille !

— Que dis-tu ? s'indigna ma tante, blessée.

— J'ai dit que tu étais une canaille et je le maintiens.

Pendant un instant, Juana demeura sans réaction, ne sachant pas très bien, je suppose, comment répondre à mon insulte. Soudain, mue par l'instinct politique de celle qui sait encaisser les coups avec diplomatie, elle laissa échapper un éclat de rire bruyant.

— Je m'en remets à la garantie spirituelle selon laquelle qui vole un voleur a cent ans de pardon ! J'ai confiance, je réussirai bien à négocier avec Dieu un petit supplément, dit-elle avec un rire cristallin.

Elle quitta la pièce en souriant, très sûre d'elle, me plantant là avec ma tête d'imbécile. Elle est pareille que mon père, me dis-je avec rage. Toute pareille.

Le lendemain, alors que le ciel couvert annonçait la pluie, je passai la matinée dans ma boutique à vérifier des factures et à m'occuper du courrier. J'avais sur la table plusieurs lettres de clients qui souhaitaient s'informer sur certains articles de mon catalogue ou sollicitaient mon avis sur les enchères de Sotheby's et Christie's qui devaient se tenir à Londres et à New York les mois prochains. La perspective de passer un long moment sans mission spéciale — du moins jusqu'en décembre, date à laquelle je devais organiser la remise de l'icône — était stimulante et séduisante. Je contemplai sérieusement l'idée d'aller m'inscrire dans un club de gymnastique ou de suivre un cours de langue étrangère pour améliorer mon horrible allemand et débuter l'apprentissage du russe.

La vitrine de mon magasin était le résultat d'une longue et coûteuse étude réalisée par mon père dans les années soixante ; loin de se laisser convaincre par l'apparence sévère et ennuyeuse qui était de mise pour ce genre de commerce, mon père avait fait peindre la façade d'un vert très clair qu'il avait parsemé d'*azulejos* et il l'avait couronnée de grandes lettres dorées. Bien sûr, l'effet pouvait sembler un peu criard pour un établissement comme le nôtre mais, aussi incroyable que cela puisse paraître, l'ensemble composé de cette façade n'était pas mal du tout, avec ses deux grandes vitrines séparées par une élégante porte italienne de bois peinte d'un vert plus sombre. On y accédait par trois marches qui rattrapaient la dénivellation du sol provoquée par l'inclinaison de la rue.

Le plus grand attrait des « Antiquités Galdeano » venait de nos collections de gravures antiques des dix-septième, dix-huitième et dix-neuvième siècles, autant en couleurs qu'en noir et blanc, et notre choix de miroirs espagnols des dix-septième et dix-huitième siècles. Nous offrions aussi la meilleure sélection de meubles, secrétaires, tableaux, argenterie et céramiques provenant du nord de l'Espagne. Nous avions toujours essayé de bien séparer ce qui était proposé par le magasin de ce qui se trouvait au « cachot ». On ne soupçonnera jamais un antiquaire spécialisé dans la vente de secrétaires de Bargas datant du dix-huitième siècle de s'intéresser à des statues polychromes gothiques du quatorzième siècle.

Nos clients étaient des connaisseurs exigeants et achetaient le plus souvent par des intermédiaires rémunérés. Cela explique qu'un des soucis majeurs de mon père ait toujours été l'élaboration soignée de notre catalogue, tâche dont j'avais hérité et dont j'assumais depuis peu l'entière responsabilité, réalisant le design et la maquette à l'aide de mon ordinateur. Je commandais évidemment les photos à l'un des principaux studios professionnels de Madrid et pour les reproductions tirées à cinq cents ou mille exemplaires, je m'adressais à « Martí B. Gráficas », une entreprise de Valence, les meilleurs dans leur domaine.

Je rentrai déjeuner à la maison. Un arôme exquis de soupe à l'oignon et de côtelettes de veau me mit aussitôt l'eau à la bouche. Lors de ma dernière mission, j'avais perdu trois kilos alors que mes réserves caloriques étaient déjà bien maigres. Ma minceur, sans compter qu'il s'agissait d'un legs familial aussi exagéré que peu séduisant, rendait folle Ezéquiela qui s'obstinait à me préparer des banquets pantagruéliques dignes d'un lutteur sumo.

— C'est prêt ? criai-je, la porte d'entrée à peine fermée.

— Pas tout à fait, répondit Ezéquiela.

Je fronçai les sourcils, déçue, et me dirigeai vers mon bureau. Si les seules inventions modernes que je m'autorisais dans le magasin étaient la lumière électrique et le système d'alarme, parce que les acheteurs d'antiquités sont en général hostiles à tout ce qui sent le neuf, à la maison, je me défoulais. Tandis que d'une main j'appuyais sur une touche de la télécommande de la chaîne hi-fi et que je mettais en route un CD de Jarabe de Palo, de l'autre j'allumais mon fantastique ordinateur avant de me laisser tomber dans mon fauteuil ergonomique tout en me débarrassant d'un coup de pied de mes chaussures à talons. Pour me détendre, je jouerais une partie de cartes contre la machine avant de passer à table. J'adorais contempler toutes ces lumières clignotantes et manipuler autant de touches.

J'étais en train de déboutonner le col de mon chemisier quand l'écran se couvrit soudain d'une couleur rouge intense. Les haut-parleurs émirent un son aigu. L'appareil était programmé pour se connecter automatiquement sur Internet et passer en revue la messagerie électronique. « Vous avez un message du Club d'échecs », répéta une voix mécanique. « Vous avez un message du Club d'échecs. »

— Oh ! non, m'exclamai-je d'un ton abattu en fixant bouche bée l'ordinateur. Je ne veux rien savoir de personne, il est trop tôt.

Bien trop tôt pour que le groupe reprenne déjà contact avec moi ! En règle générale, après une mission, les communications s'interrompaient pendant quelques semaines — à part le bref résumé que j'envoyais à Roi pour lui annoncer le résultat de l'opération. Surtout, quand il fallait laisser « dormir » la pièce quelques mois au « cachot » comme c'était le cas maintenant. Les contacts entre les membres du Club étaient alors complètement suspendus pour respecter cette période de « vacances ». Mais l'écran rouge et la voix assommante de l'ordinateur ne me laissaient aucun espoir.

Le génie informatique du Club était Läufer, le Fou. Il avait conçu tous les programmes avec lesquels nous travaillions et actualisait sans cesse les systèmes de codification et de chiffrage garantissant l'imperméabilité de nos communications. Läufer était un ancien pirate informatique allemand du fameux Chaos Computer Club. C'était lui qui avait brisé les protections du centre de recherches spatiales de Los Alamos en Californie, ainsi que celles de l'agence spatiale européenne EuroSpand, du centre de recherches nucléaires de Genève, de l'Institut Max-Planck de physique nucléaire et du laboratoire de biologie nucléaire de Heidelberg ! Mais sa principale prouesse, la plus mémorable, avait été celle qu'il accomplit en 1985, peu de temps après qu'un cadre vaniteux de la Bundespost, la poste allemande, eut déclaré que les mesures de sécurité informatique de cette institution étaient inexpugnables. Läufer n'eut de cesse de relever le défi et, un jour, le téléphone de la Bundespost appela automatiquement dix heures durant le Chaos Computer Club en raccrochant après avoir obtenu une réponse. Le résultat fut une facture téléphonique de 35 000 marks.

Läufer fut assez intelligent pour abandonner le « Chaos » avant d'être découvert et emprisonné par la police comme nombre de ses camarades. Il refit complètement sa vie et entra dans le monde fermé de l'art, sa seconde passion. Sans abandonner l'informatique, il se livra avec enthousiasme à l'étude et à la préparation professionnelle. Il commença à très bien gagner sa vie en se consacrant à l'estimation et à l'évaluation de meubles, céramiques, porcelaines, verres, pièces d'argent, œuvres peintes, sculptées, bronzes, textiles et bijoux. Le temps passant, il parvint à être considéré comme le meilleur spécialiste dans l'authentification de pièces anciennes.

La combinaison de ces deux talents, dans lesquels il se révéla un véritable maître grâce à son intelligence et a sa sensibilité, fit de lui le candidat idéal pour occuper la place vacante laissée par le Läufer antérieur. Bien que j'ignore la méthode utilisée par Roi pour l'engager, ce qui est sûr c'est qu'il faisait déjà partie depuis longtemps du Club d'échecs quand j'y étais entrée.

Entre la déception et l'inquiétude causées par l'arrivée du message, je fis démarrer ma messagerie électronique. Des lettres apparurent sur l'écran en formant des signes et des dessins totalement incompréhensibles. Champollion lui-même malgré tout son savoir n'aurait pu déchiffrer cette pierre de Rosette. Au bout de quelques secondes, néanmoins, l'algorithme décodeur élaboré par Läufer avait terminé son travail et cet essaim informe commença à prendre sens sous mes yeux : « IRC # Chess, 16'00, pass : Golem. Roi. »

— Ah ! non, non ! criai-je en me levant brusquement du fauteuil.

Le bruit fit accourir Ezéquiela qui entra en se séchant les mains sur un torchon.

Ezéquiela, petite femme maigre et courbée, possédait un regard perspicace et un visage ridé qui se terminait par un drôle de menton rose et enfoncé. Depuis quelques années elle raccourcissait ses jupes pour que l'on ne remarque pas qu'avec l'âge elle se tassait.

— Que se passe-t-il ?

— C'est encore Roi ! m'exclamai-je en la regardant, désespérée.

Elle haussa les sourcils dans une expression qui pouvait aussi bien dire « Nous n'y pouvons rien ! » que « Tu l'as bien cherché, ma petite ! » et elle disparut aussi soudainement qu'elle était venue en secouant la tête avec un geste de résignation, sans plus s'occuper de moi.

— Bon sang ! Une autre mission, alors là, non, non et non ! criai-je dans mon bureau désert.

Je mangeai sans grand appétit, et prêtai une oreille distraite au bavardage incessant d'Ezéquiela qui choisit précisément ce moment-là pour me mettre au courant des potins de la ville. Mariages, baptêmes, enterrements et divorces, tout y passa. Je finis mon dessert et bus d'un trait mon café, sentant une paresse infinie s'infiltrer doucement dans les muscles de mon corps : l'heure de la sieste approchait, mais au lieu de profiter de deux bonnes heures de sommeil sur le canapé avant de retourner au magasin, il me fallait demeurer éveillée pour me connecter à l'IRC[1]. Roi n'aurait-il pas pu me donner rendez-vous en fin d'après-midi ou dans la soirée quand mon cerveau était au mieux de sa forme ? Mais je n'avais pas le choix : la discipline et la rigueur étaient cruciaux pour notre sécurité ; si Roi m'avait convoquée à seize heures, je devais établir une communication avec lui à cette heure précise, vaille que vaille, et peu importait ce que cela me coûtait. En mon absence, Roi serait dans l'obligation de démanteler le Club dans l'heure.

C'est ainsi qu'à quatre heures moins cinq je me trouvais assise devant l'écran de mon ordinateur, avec une autre tasse de café près du clavier, et une cigarette que je fumais nerveusement. Je me connectai au serveur Internet et chargeai le programme pour accéder à l'IRC. Une fois que le serveur me céda le passage, j'entrai dans la toile à travers la Norvège par Undernet-Oslo puis passai par Toronto, Auckland, et la Nouvelle-Zélande en changeant d'identification pour éviter tout pistage possible. Bien camouflée, je demandai une liste des canaux ouverts et dans l'interminable série de codes qui apparurent sur mon écran par ordre alphabétique, je repérai « # Chess » avec facilité. Je cliquai deux fois dessus, et entrai dans une salle blanche et déserte au centre de laquelle

1. L'IRC (Internet Relay Chat) est un réseau mondial qui abrite des centaines de groupes de canaux ou « chats » qui agissent comme des lieux de rencontre virtuels, des agoras ou places publiques dans lesquelles des personnes du monde entier peuvent se rencontrer et parler.

un compartiment carré clignotant me demanda le code d'accès. Je tapai « Golem », appuyai sur la touche « Entrée » et l'image changea. La salle se remplit de lignes de couleurs qui montaient sur l'écran avec des messages de bienvenue en six langues, les six langues des membres du Club : le français pour Roi, qui était déjà là ; l'italien pour Donna, la Dame ; l'allemand pour Läufer, le Fou ; l'anglais pour Rook, la Tour ; le portugais pour Cavalo, le Cavalier, et l'espagnol pour moi, l'humble Peón, le Pion.

— Bonjour, Peón.

— Bonjour, Roi.

— Cette réunion urgente a dû t'étonner…

— Oh ! oui, tu peux le dire.

Cavalo fit alors son entrée.

— Bonjour à tous, écrivit-il en anglais.

— Bonjour, Cavalo.

Mes haut-parleurs émirent alors un nouveau sifflement. Donna et Rook firent leur entrée, l'un après l'autre.

— Bonjour à tous, dit Donna.

— Bonjour, ajouta Rook. Il ne manque plus que Läufer, je crois.

— Comme d'habitude, dit Cavalo.

— Il ne va pas tarder. Dès qu'il sera là, je vous expliquerai la raison de cette convocation si inhabituelle dans sa forme.

— J'espère que cela vaut la peine, Roi, parce que j'avais un déjeuner professionnel très important à Naples et j'ai dû l'annuler à cause de ton e-mail, écrivit Donna de mauvaise humeur.

Donna, ou plutôt Julia Volontieri, était l'importante propriétaire d'une entreprise de restauration d'art spécialisée dans le développement de projets pour les administrations publiques italiennes et le Vatican. Ses employés, experts dans la restauration de retables, sculptures polychromes, peintures sur bois et sur toile, étaient formés dans son atelier-école. C'est dans ses laboratoires de Rome qu'étaient conçus, grâce aux technologies les plus modernes et complexes, les faux utilisés par le Club pour masquer les vols. Je n'avais jamais eu l'occasion de la rencontrer en chair et en os, mais Roi assurait que, même à cinquante ans, c'était une des femmes les plus fascinantes et séduisantes qu'il eût connues.

— Nous avions tous des choses importantes à faire, Donna, dis-je en pensant à ma sieste.

— Chère Donna, se moqua Cavalo, tu es toujours si occupée, si diligente.

— Et toi, estimé Cavalo, toujours si aimable.

Cavalo, dont le véritable nom était José da Costa-Reis, était le propriétaire d'une importante joaillerie située dans l'élégante rue Passos Manuel de Porto fondée par son grand-père peu après la Seconde Guerre mondiale. Son père, le premier Cavalier, joaillier aussi et restaurateur de montres et bijoux anciens, fonda par goût le Club d'échecs de Porto et quand Roi et lui décidèrent d'unir leurs forces pour mener à bien certaines activités, ce nom leur parut le plus opportun. Le père de José mourut presque en même temps que le mien, d'une attaque cardiaque lui aussi, et nous héritâmes tous les deux des affaires familiales ainsi que de leurs positions respectives dans le Club.

— BONJOUR À TOUS !

Le génie de l'informatique venait de faire son entrée et pour que cet événement ne passe pas inaperçu, Läufer, non content d'utiliser les majuscules équivalentes à des cris dans une conversation, fit courir sur nos écrans une série de dessins de toutes les couleurs dans lesquels on distinguait des visages souriants, des dragons fumants, des fleurs et quelques nus féminins. L'expérience lui avait appris que Donna et moi pouvions nous mettre très en colère s'il dépassait les bornes avec ses exhibitions machistes. Mais les bêtises de Läufer étaient toujours approuvées par cet idiot de Rook, et à eux deux ils pouvaient se rendre parfois insupportables.

— Il était temps, mon garçon, écrivit son compère d'un ton joyeux.

— HÉ ! ROOK, COMMENT VONT LES AFFAIRES ?

— S'il te plaît, Läufer, utilise les minuscules, demanda Roi.

— JE NE PEUX PAS, MON CLAVIER EST CASSÉ.

— Tu as toujours la même excuse...

— JE NE SAIS PAS POURQUOI TU DIS CELA, DONNA.

— Sans doute parce que je t'adore ?

— JE LE SAVAIS, JE LE SAVAIS, HÉ ! ROOK, QU'EN PENSES-TU, L'AMI ?

— Läufer, s'il te plait, l'interrompit Roi, nous avons du travail.

— BIEN, JE ME TAIS.

— Roi, si tu commençais, le temps passe, dis-je

pour empêcher la riposte désagréable que Donna préparait selon toute probabilité.

— J'ai reçu une offre intéressante, déclara Roi. Heureusement, sa rapidité de frappe était comparable à celle d'une bonne dactylo.

— Très intéressante, même, à mon avis. Et c'est pour cette raison que je vous ai convoqués. À travers nos canaux habituels, un collectionneur appelé Vladimir Melentiev nous a demandé de récupérer une toile du peintre russe Ilia Krilov qui se trouve actuellement en Allemagne. L'œuvre est estimée à trente-cinq mille dollars, et il est prêt à payer le prix fort pour l'obtenir.

— Le prix fort ? répéta Rook, le financier du Club, très intéressé.

— Je peux t'assurer qu'il ne discutera pas la somme.

— Cela ne me dit rien de bon, dit Cavalo. Rook, fais les comptes. Si je ne me trompe pas, cette opération va coûter plus cher à ce Vladimir qu'acheter le tableau.

— Il ne peut pas, le propriétaire ne veut pas vendre.

— Voyons… laisse-moi calculer. Au change actuel, trente-cinq mille dollars représentent environ vingt mille livres anglaises, cinquante-neuf mille marks allemands… Je crois que Krilov est un peintre rarement coté sur le marché.

— Je ne sais rien de lui, dit Donna, il doit être postérieur à 1800.

— En effet, il se situe entre la fin du dix-neuvième et le début du vingtième, les informai-je. Je le sais parce qu'en préparant mon dernier voyage, j'ai lu quelque part que Krilov avait commencé sa carrière comme peintre d'icônes et que la plus grande partie de son œuvre, ou du moins la plus connue, se trouvait au musée d'État de Saint-Pétersbourg.

— ATTENTION ! cria Läufer, SELON LES BANQUES DE DONNÉES DISPONIBLES SUR LA TOILE, ILIA YEFIMOVITCH KRILOV (1844-1930) EST CONSIDÉRÉ COMME LE PEINTRE RÉALISTE LE PLUS EXTRAORDINAIRE DE SA GÉNÉRATION. IL EST NÉ À CHUGUYEV ET A ÉTUDIÉ À L'ACADÉMIE DE SAINT-PÉTERSBOURG. BON DESSINATEUR ET HABILE COLORISTE, IL EST SURTOUT CONNU POUR LES CONTENUS THÉMATIQUES DE SON ŒUVRE.

— Läufer, s'il te plaît, l'interrompit Roi en profitant d'une pause, écris en minuscules.

— JE NE PEUX PAS, JE TE L'AI DÉJÀ DIT... JE CONTINUE. SES SCÈNES DE GENRE PROFONDÉMENT ÉMOUVANTES MONTRENT UNE ATTITUDE CRITIQUE CONTRE LE RÉGIME TSARISTE. SES *BATELIERS DE VETLUGA*, 1870, MUSÉE DE SAINT-PÉTERSBOURG, DANS LESQUELS IL DÉPEINT LES BATELIERS HARNACHÉS À CÔTÉ DE BÊTES DE SOMME, LE RENDENT CÉLÈBRE. IL CONTINUE À PEINDRE DES ŒUVRES SUR DES GRANDS THÈMES HISTORIQUES, AINSI QUE DES PORTRAITS MÉDITATIFS DE COMPOSITEURS ET ÉCRIVAINS RUSSES. SON ŒUVRE INSPIRERA LA PEINTURE DU RÉALISME SOCIAL SOVIÉTIQUE DU MILIEU DU XXe SIÈCLE.

— Par pitié ! Il n'y a personne qui puisse lui arranger son clavier ?

Pour toute réponse, une rose rouge grimpa sur l'écran blanc accompagnée d'un mot qui disait « Pour toi, Donna ».

— Mesdames et messieurs, la question principale est la suivante, reprit Roi, sans faire plus de cas de la discussion. Melentiev veut le tableau intitulé *Moujiks* peint par Krilov en 1916, actuellement en possession de l'industriel allemand Helmut Hubner.

— Hubner… ? demanda Rook, les biscuits Hubner ?

— En effet, les biscuits, pains et gâteaux Hubner.

— C'est un des hommes les plus riches d'Allemagne, n'est-ce pas, Läufer ? Ses entreprises sont cotées sur les plus importantes places boursières européennes et, selon le magazine *Forbes*, sa fortune personnelle s'élève à plusieurs centaines de millions de dollars.

Fidèle à lui-même, Läufer fit sonner dans nos haut-parleurs la musique très connue des publicités pour la marque de biscuits.

— J'AI TRAVAILLÉ POUR LUI UNE FOIS. JE DEVAIS FAIRE L'ESTIMATION NÉGATIVE D'UNE PIÈCE QU'IL VOULAIT ACQUÉRIR, UNE CARAFE DE VERRE DOUBLÉE SOI-DISANT PRODUITE PAR LA COMPAGNIE DES CRISTALLERIES DE BACCARAT. C'ÉTAIT EN FAIT UNE ŒUVRE DE LA VERRERIE DE SAINTE-ANNE.

— Mais celle-ci a précédé la cristallerie de Baccarat, s'étonna Roi, pourquoi as-tu fait une estimation à la baisse puisque la pièce possédait une cote bien supérieure ?

— PARCE QUE SEUL L'INTÉRESSAIT LE CRISTAL DE BACCARAT FABRIQUÉ PAR LA COMPAGNIE ENTRE 1861 ET 1875, JE M'EN SOUVIENS PARFAITEMENT. AINSI, BIEN QUE LA VALEUR DE L'ŒUVRE FUT PLUS IMPORTANTE, L'ESTIMATION DUT ÊTRE NÉGATIVE.

— Nous parlons donc d'un collectionneur sélectif, dit Cavalo, un type qui sait ce qu'il veut et qui doit posséder un nombre appréciable d'œuvres d'art soigneusement choisies, parmi lesquelles se trouve la toile de Krilov.

— Un homme qui aura donc bien protégé ses trésors, dis-je de mauvaise humeur.

Car si Roi était l'organisateur, Rook le blanchisseur d'argent, Läufer l'informaticien, Donna et Cavalo les faussaires, moi, malheureusement, j'étais l'exécutrice des vols, celle qui jouait sa peau à chaque opération, la silhouette sombre et agile qui forçait les fenêtres, marchait sur les toits, escaladait les murs et esquivait les systèmes d'alarme.

— Du calme, Peón, me consola Roi, tout le monde fera comme toujours du bon travail, et tu connaîtras parfaitement le terrain sur lequel tu devras avancer.

— Je ne connais jamais assez le terrain dans ces moments-là.

— OUIN ! OUIN ! PEÓN EST UNE PLEURNICHARDE !

— LÄUFER, TAIS-TOI, cria Roi à son tour. JE NE VEUX PAS VOIR UNE LIGNE DE TOI AVANT QUE JE NE TE LE DEMANDE. Je suis désolé,

Peón, cela ne se reproduira plus… Revenons à notre affaire, s'il vous plaît.

Plusieurs lignes blanches suivirent pour nous laisser le temps de respirer.

— Je m'occupe de réunir toute la documentation nécessaire sur le tableau. Läufer fera une enquête sur Helmut Hubner. À ton avis, Donna, la copie du tableau te paraît présenter un problème particulier ?

— Aucun, mais cette fois, envoie-moi les reproductions en format JPEG[1], et utilise une compression de haute qualité. J'ai besoin d'agrandissements précis. Cherche aussi tout ce que tu peux sur les matériaux utilisés par Krilov et ses habitudes de travail. J'aurai également besoin de l'histoire complète du tableau : les différents lieux où il s'est trouvé, pendant combien de temps, dans quelles conditions. Et aussi tous les détails sur la vie de Krilov, même les plus insignifiants, que tu pourras me fournir.

— Je peux m'en occuper, proposa Cavalo.

— Adjugé, dit Roi. Nous t'enverrons toutes les informations d'ici quelques jours, Donna. Bien, chers amis, attention… Läufer, tu es prêt ?

Un bruit de tambour envahit mon bureau. Miracle de la technologie : six ordinateurs distincts situés dans plusieurs villes d'Europe émettaient au même moment le même vacarme électronique !

1. Joint Photographic Experts Group (JPG ou JPEG), standard international pour les images photographiques compressées très utilisé sur Internet. JPEG est la meilleure option pour transmettre sur la toile des images avec un large spectre de tonalités comme des photos ou des images scannées.

— Mesdames et messieurs, j'annonce officiellement le début de l'opération Krilov. Comme vous le savez, à partir de maintenant toutes communications et rencontres personnelles entre vous sont interdites. Tout avis, changement ou information devra être transmis par mon intermédiaire et toujours avec le code du groupe, le chiffre privé individuel que vous possédez chacun, et la clé secrète que je vous donnerai et qu'il vous est interdit de communiquer aux autres. N'oubliez pas qu'arrêter le Club d'échecs est le rêve d'Interpol. Et n'oubliez pas, une sécurité maximale est notre plus grand avantage. Si l'un de nous tombe, nous tombons tous.

Je consacrai les jours suivants à régler les problèmes administratifs du magasin, à payer les factures laissées en attente, à répondre, munie d'une volumineuse documentation, aux lettres de mes acheteurs par correspondance, et à m'inscrire à plusieurs ventes aux enchères de novembre et décembre. Bien entendu, je dus aussi annoncer que je partais de nouveau en voyage à l'improviste.

J'ai toujours été un être assez peu social mais j'approchais dangereusement de cet âge où l'on commence à se demander qui s'occupera de vous quand vous serez vieille. Je suppose que tout nouveau projet commence par ce genre de sentiment égoïste qui me conduisait à regretter les amis que je n'avais jamais eus, les enfants que je n'aurais probablement jamais, et une relation amoureuse qui dure un peu plus longtemps que deux nuits d'hôtel dans un lieu reculé du monde. J'en venais même à désirer une relation dans laquelle le sexe ne représenterait pas tout comme celles que dépeignaient les films romantiques à la télévision. À trente-trois ans, mon entourage affectif se réduisait à ma tante, ma vieille gouvernante et l'ami de mon père, Roi, chacun d'entre eux ayant fêté ses cinquante ans à la fin du siècle dernier. Mais pouvais-je vraiment rêver d'autre chose alors que je menais une vie aussi échevelée ? Comme d'habitude, je finis par me dire que l'aube d'une nouvelle opération n'était peut-être pas le meilleur moment pour se mettre à penser à ces choses-là, et je les mis de côté une fois encore, en espérant que le jour arriverait où je pourrais enfin consacrer à ma vie sentimentale toute l'attention qu'elle méritait.

Le jeudi 10 septembre commencèrent à arriver les premières informations transmises par Roi et le lendemain, après la fermeture du magasin, je m'enfermai dans mon bureau, prête à passer la fin de la semaine à étudier les détails de l'opération Krilov. En réalité, la tâche du bien intentionné comte Philibert se limitait à m'envoyer une copie des documents qu'il recevait afin que je puisse disposer de toute l'information nécessaire sur le sujet. Il était convaincu qu'il me procurait ainsi une grande tranquillité. Il se trompait complètement. Il était beaucoup plus facile, à mon avis, de percer des fichiers confidentiels ou des bases de données secrètes assis confortablement devant un ordinateur que de perpétrer physiquement un vol en jouant sa vie au sens le plus littéral de l'expression. Roi disait néanmoins toujours qu'à la façon dont se comportaient actuellement les polices du monde entier, il était plus probable qu'ils attrapent Läufer avant moi car la paranoïa du délit informatique avait rendu idiots tous les grands enquêteurs du crime autrefois si brillants. Notre authentique ennemi, insistait toujours Roi, était le groupe de travail d'Interpol consacré aux délits en relation avec la technologie de l'information. Il était étroitement lié au dangereux, bien que plus lointain, NIPC, le Centre national de protection des infrastructures du FBI.

Le dimanche soir, je commençai à organiser la partie du travail qui m'incombait. Les photos du tableau de Krilov étaient arrivées dans l'après-midi. Je les étudiai soigneusement et en fis plusieurs tirages de haute qualité pour mieux connaître cette œuvre méritoire bien que sans génie : trois générations de pauvres moujiks (un vieillard, deux hommes et trois enfants) assis, la mine sombre, autour d'une table misérable regardaient le spectateur droit dans les yeux. Le visage du vieux évoquait le dur labeur et la fatigue du paysan russe du début du vingtième siècle. Une marmite vide disait la faim. Un chat trapu semblait bien mieux alimenté que le reste de la famille ; il se nourrissait sans doute des souris qui devaient peupler cette masure à peine chauffée par le petit feu qui brûlait à droite de la scène.

Selon les données, les dimensions du tableau étaient de 1,13 × 1,59 mètre, ce qui le rendait peu commode à manipuler. L'œuvre présentait cette particularité d'avoir la toile accrochée au châssis par de curieux clous numérotés produits en Russie au début du siècle, des clous que Donna essayait désespérément de trouver au cas où j'en casserais quand je tenterais de décrocher la toile pour lui substituer la copie. Mais à part ces deux petits détails, l'œuvre ne laissait pas présager de grands problèmes quant à sa manipulation et sa falsification : l'examen des pigments réalisé par microscope électronique avait révélé que les couleurs utilisées par Krilov étaient toutes de production industrielle (le blanc, par exemple, était du vulgaire oxyde de titane). Elles se caractérisaient par un grain de toute petite dimension en comparaison avec celui des pigments anciens qui étaient moulus à la main et présentaient donc de nombreuses impuretés. La toile n'offrait même pas ce doux craquelé dans les zones proches du support comme c'était le cas des tableaux qui avaient quatre-vingts ou cent ans d'ancienneté. Sans doute parce que, selon les notes envoyées par Cavalo, Krilov préparait ses toiles avec un très fin apprêt blanc de plâtre et de colle dissous dans l'eau pour maintenir la bonne élasticité des tissus fabriqués par les métiers à tisser mécaniques modernes.

Pour ce qui concernait l'emplacement actuel du tableau, il fallait s'en remettre aux renseignements volumineux, désordonnés et époustouflants fournis par Läufer qui avait une idée de l'information utile réellement tordue. Tout document qui contenait ne serait-ce qu'une ligne portant le nom Hubner avait été considéré comme digne d'être collecté. Comme il n'y avait aucune adresse ou protection dans le monde qui résistât à notre Fou, mon ordinateur commença à se remplir de mémorandums, notes internes, dates de production de biscuits et de pains, listes de cadres, facturations de filiales, courriers de régulation de l'emploi, indices historiques boursiers, etc., concernant l'entreprise Hubner. Je fus sur le point de voir saturée la mémoire du disque dur à cause de cet idiot qui ignorait l'usage des critères de sélection. Heureusement, comme pour confirmer le proverbe : « Tout vient à point à qui sait attendre », peu de temps après, Läufer annonçait à grands cris que le « cheval de Troie » qu'il avait envoyé dans l'ordinateur personnel de Helmut Hubner avait commencé à fonctionner. Il s'agissait, semblait-il, d'un *back orifice* sophistiqué, un petit programme informatique qui ressemblait à un virus et permettait, dans le plus grand des secrets, le libre accès à la machine du magnat chaque fois bien sûr qu'elle était connectée. Et comme Hubner n'éteignait jamais son ordinateur, Läufer n'eut aucun problème pour examiner les mystères les plus intimes du collectionneur.

Le tableau de Krilov se trouvait au château de Kunst, au bord du lac de Constance, dans l'État de Bade-Wurtemberg situé au sud-ouest de l'Allemagne. Une partie de la riche pinacothèque de Hubner avait été transférée dans les galeries de ce château en 1985, une fois achevés les impressionnants travaux de réhabilitation entrepris par l'homme d'affaires pour convertir cette forteresse du quatorzième siècle en l'une de ses résidences secondaires. Celui-ci se rendait en général à Kunst trois mois par an, le plus souvent au printemps, et partait ensuite dans sa villa de Majorque jusqu'à Noël.

Läufer ne tarda pas à m'envoyer une superbe collection de photos du château prises avec un puissant télé-objectif à des angles différents. Ce qui attira en premier lieu mon attention fut qu'il était construit au milieu du lac et uni à la terre ferme par un pont de bois d'une dizaine de mètres. L'idée du constructeur médiéval n'était pas mauvaise en soi car les eaux servaient de fossé naturel, et l'on pouvait retirer le pont ou le détruire en cas d'assaut. La muraille de pierre de forme hexagonale était jalonnée de deux tours de guet et de quatre tours de flanquement aux bases épaisses et aux murs courbes, parsemées d'étroites meurtrières ogivales qui laissaient passer la lumière à l'intérieur et avaient permis en leur temps aux archers de tirer. Le mur, d'une hauteur de douze mètres, culminait en créneaux saillants pour rendre plus difficile toute escalade ennemie.

Les plans techniques arrivèrent plus tard ; Läufer avait eu des difficultés à retrouver le nom de l'architecte qui avait dirigé les œuvres de réhabilitation. En réalité, on avait respecté la forme et l'aspect premiers de la forteresse — on s'était contenté d'ajouter une petite piscine sur la partie postérieure et un garage derrière le vieux puits — et effectué le plus gros de l'ouvrage à l'intérieur d'une des tours redevenue, comme dans le passé, la demeure du châtelain. De forme carrée avec des murs de trois mètres d'épaisseur, la tour abritait seulement une cave et cinq étages. Le premier était destiné à la cuisine et au personnel de service. Les trois suivants constituaient la demeure proprement dite avec ses chambres, salles à manger et salons. Il y avait même une bibliothèque et une chapelle privée. Enfin, au dernier étage se trouvait la pinacothèque de Hubner. L'escalier de pierre en colimaçon adossé au mur avait été renforcé par un petit ascenseur central qui traversait les étages aux planchers de bois.

Quant au personnel qui travaillait à Kunst, Läufer découvrit leurs noms grâce aux relevés bancaires de leurs salaires payés par une des nombreuses entreprises de Hubner. M. et Mme Seitenberg, majordome et gouvernante, avaient la charge du château pendant toute l'année et étaient domiciliés au premier étage. Les voisins les plus proches étaient deux énormes rottweilers dont la niche se trouvait collée au mur occidental. De plus, tous les matins, un vieux jardinier et une assistante venaient du village. Läufer put le vérifier personnellement pendant ses heures d'observation. On pouvait supposer que pendant les trois mois de l'année pendant lesquels Hubner résidait là-bas, le nombre de domestiques augmentait, mais leurs salaires n'apparaissaient pas parmi les dépenses du château.

Il fut un peu plus difficile de mettre la main sur l'entreprise chargée d'installer le système d'alarme. Au terme de nombreuses recherches, Läufer finit par découvrir qu'il s'agissait de l'entreprise internationale White Knight Co., bien connue pour ses méthodes de travail traditionnelles. Cette nouvelle ne m'ôta donc pas le sommeil. Deux jours plus tard, Läufer disposait de tout le descriptif des circuits d'alarme, modèles et séries inclus.

L'histoire du tableau fournie par Roi se révéla bien plus intéressante. Grâce aux références et notes trouvées dans les revues spécialisées, dans les livres d'art et d'histoire ainsi que dans les fiches de certains galeristes et collectionneurs, nous apprîmes que l'œuvre, après être restée plus de vingt ans au musée d'État de Leningrad (actuelle Saint-Pétersbourg), fut volée et transférée en Prusse, à Königsberg plus précisément (l'actuelle Kaliningrad), en octobre 1941, lors de l'invasion de l'Union soviétique par une partie de l'armée allemande. Les nazis avaient constitué deux commandos de troupes spéciales consacrées au pillage à sac systématique des objets de valeur artistiques : le *Künstberg*, sous les ordres de Joachim von Ribbentrop, ministre de l'Extérieur de Hitler, et le *Rosenberg*, sous les ordres d'Alfred Rosenberg, ministre des Territoires occupés de l'est de l'Europe. Les deux commandos avaient l'ordre de mettre en sécurité les œuvres d'art des musées de Leningrad et de Moscou pour les emporter, évidemment, en Allemagne.

Dans les premiers mois de 1945, alors que l'armée Rouge encerclait Königsberg au cours d'un des combats les plus violents de la Seconde Guerre mondiale, une expédition chargée des trésors volés abandonna cette zone dangereuse que gouvernait le terrible gauleiter[1] Fritz Sauckel, responsable du camp de concentration de Buchenwald à Weimar,

1. Gouverneur nazi d'une région durant le Troisième Reich.

plus tard condamné à mort par le tribunal de Nuremberg et exécuté. Cet ancien ministre plénipotentiaire du Reich déclara avant de mourir que les œuvres d'art reçues pendant les dernières années de la guerre avaient quitté Weimar à destination de la Suisse. Cela ne put être confirmé car, par la suite, on ne les retrouva jamais.

Il était donc très curieux que, vingt ans plus tard, le tableau intitulé *Moujiks* du peintre russe Ilia Krilov apparaisse enregistré dans le modeste catalogue d'un ancien dirigeant nazi reconverti en un respectable entrepreneur de panification, un certain Helmut Hubner... C'était vraiment incroyable ! Depuis la Thuringe ou la Suisse, le tableau était arrivé entre les mains de Hubner par des voies inconnues, mais ce qui était plus étonnant encore, c'était que ce millionnaire connu du monde entier, ce collectionneur éclairé, fût un ancien nazi.

Donna, qui disposait maintenant de toute l'information dont elle avait besoin, se mit au travail, et réalisa un tableau si parfait qu'il éveilla l'admiration du Club. Nous reçûmes deux photos scannées apparemment semblables en tous points et on nous demanda de distinguer l'original et la copie. Tout le monde se trompa sauf Läufer, qui reconnut avoir pris sa décision non sur la base de ses connaissances de spécialiste de l'authentification d'œuvres, mais en ayant tiré à pile ou face après avoir bu un certain nombre de bières.

Donna avait commencé sa carrière comme peintre à l'âge de vingt ans et, aux dires de la critique, était dotée de magnifiques dons naturels pour le dessin et la couleur. Mais elle découvrit bientôt qu'elle n'était qu'une candidate dans un océan de prétendants, et qu'elle n'obtiendrait jamais un trône dans l'Olympe des grands maîtres. Avec une profonde amertume, elle se rendit compte que son nom ne traverserait pas les siècles enveloppé d'une auréole de gloire : il ne restait plus de chapelles Sixtine à peindre et il n'y avait plus de papes mécènes comme Jules II ou Léon X. Même pour le travail le plus insignifiant, les candidats se pressaient par milliers. Aussi changea-t-elle de cap en se dirigeant vers des terres plus profitables. Suivant en cela les pas de son admiré Michel-Ange Buonarroti, elle se consacra au métier de faussaire. Michel-Ange, selon son ami et biographe Giorgio Vasari, « imitait aussi de manière magistrale des dessins de maîtres anciens et renommés, il les teintait et les vieillissait avec de la fumée et d'autres matières premières, les tachant de sorte qu'ils paraissent anciens et qu'on puisse les confondre avec les originaux ». Et même, une fois, alors qu'il était déjà connu et riche, il prépara un Cupidon afin qu'il ait l'air d'avoir été trouvé dans des fouilles. Le faisant passer pour une pièce antique, il le vendit à un cardinal pour la somme de trente ducats florentins.

Le vendredi 25 septembre, à la première heure, Cavalo s'embarqua sur un vol d'Alitalia en direction de Rome ; il déjeuna avec Donna dans un restaurant chic de la place Farnèse et revint l'après-midi à l'aéroport de Fiumicino, portant en bandoulière un tube contenant diverses gravures roulées et quelques reproductions lithographiées des vues de Rome par Piranèse, pour prendre un autre avion qui devait l'amener à Porto. Le samedi 26, il se consacra à ses parties d'échecs, jeu qu'il aimait autant que son père et son grand-père, et le dimanche 27, il sortit très tôt de chez lui au volant de sa voiture pour traverser la frontière espagnole à Fuentes de Oñoro, et déjeuner avec moi dans l'auberge du petit village médiéval de San Marcos de Castañedo, près de Salamanque, à mi-chemin entre nos deux villes. Pendant les quatre longues heures qu'il me fallut pour arriver au lieu de rendez-vous, je demeurai attentive aux informations sur les élections générales qui se tenaient ce jour-là en Allemagne. J'étais curieuse de savoir si Kohl serait de nouveau élu chancelier ou si au contraire le social-démocrate Schröder parviendrait à lui enlever la victoire et pactiserait ensuite avec les verts pour former un gouvernement. Ce serait merveilleux, pensai-je, que l'Allemagne soit la première puissance économique à renoncer à l'énergie nucléaire. Cela aurait l'effet d'un cataclysme dans les bases de l'industrie atomique et peut-être de cette façon le monde commencerait à être un peu plus propre. Les verts allemands auraient-ils assez d'influence si Schröder gagnait ? Je le souhaitais de tout mon cœur.

Je garai ma BMW sur la place du village et pris une ruelle qui me conduisit à l'auberge. Ce vieil édifice du seizième siècle avec sa façade à moitié restaurée et couverte d'échafaudages dégageait une impression de vulgarité étudiée. L'intérieur était décoré dans le style le plus rustique, c'est-à-dire avec beaucoup de céramiques de terre cuite, beaucoup de tissus de lin et de coton, beaucoup de bois de pin et de hêtre, de fleurs séchées et de fer forgé. Je poussai la grande porte et tombai sur un personnage maigre qui s'arrêta et me regarda fixement avec un air d'illuminé. Par expérience, je savais qu'il ne dirait pas un mot si je n'en prenais pas l'initiative, aussi le saluai-je aimablement et lui demandai-je si M. José da Costa-Reis était arrivé. Il continua à me regarder sans rien dire, sans ciller ni bouger, puis me céda brusquement le passage, me permettant ainsi de voir la salle à manger au fond de laquelle José, assis à une table, bavardait gaiement avec une jeune fille de douze ou treize ans, très brune, très maigre, qui avait de grandes dents. Ce devait être sa fille, il m'en parlait toujours quand nous nous retrouvions dans cette auberge avant chaque mission. Je lâchai un grognement de déplaisir face à cette invitée inattendue et me dirigeai vers eux en descendant d'un pas décidé les trois marches qui séparaient l'entrée de la petite salle à manger.

J'étais toujours heureuse de revoir Cavalo ; pour moi, c'était un de ces hommes tranquilles et d'une courtoisie exquise qui donnent l'impression que le monde a un sens même s'il n'en a aucun. Les yeux profondément sombres et rieurs, de taille haute, l'allure sportive, toujours rasé de près, sa chevelure grise parfaitement coiffée, José était un homme désirable qui néanmoins, en accord avec les règles du Club, était hors de ma portée.

— Tu es ravissante, Ana, me dit-il en se levant pour m'accueillir avec ce castillan rond et musical qu'utilisent les Galiciens et les Portugais quand ils parlent notre langue.

Puis il me donna deux baisers.

— Tu as l'air en forme, José.

Il eut un sourire enfantin bien séduisant et recula pour tirer une chaise par le dossier et m'inviter à m'asseoir. Sa fille ne me quittait pas des yeux.

— Voici Amalia, ma fille, l'enfant la plus belle et la plus intelligente du monde. Amalia, je te présente Ana, Ana Galdeano.

— Bonjour, Amalia, réussis-je à dire d'un ton que j'espérais aimable.

— Bonjour, me répondit-elle en me regardant comme si elle avait deux rayons X à la place des yeux.

José s'était séparé de sa femme peu de temps après la naissance d'Amalia. Comme le divorce n'existait pas encore au Portugal, ils étaient parvenus à un accord civilisé pour que leur fille grandisse sans manquer de père. Les jours où ce dernier en avait la garde étaient sacrés pour lui, si sacrés qu'il était capable de suspendre une rencontre avec moi ou remettre à plus tard une opération du Club pour ne pas perdre une minute de ce temps précieux qu'il partageait avec sa fille. Pourtant, cette fois, sans me prévenir, il l'avait amenée avec lui.

— Comment se présente notre affaire en Allemagne ? me demanda-t-il tout en s'asseyant.

Je suis consciente que je ne pus retenir un sourire idiot. Sa question me laissa muette. Comment osait-il me la poser devant sa fille ? Je respirai un grand coup et repris mon sang-froid avant de répondre :

— Tout est prêt. Dès que tu m'auras remis le… le dessin, je rentrerai et ferai mes valises.

José leva les yeux au plafond et les baissa :

— Ah ! le dessin, s'exclama-t-il, c'est vrai. Je crois que nous l'avons oublié dans la voiture, n'est-ce pas, Amalia ?

— Oui, papa.

— Nous bavardions et… Je te le donnerai en sortant. Il faut reconnaître que Donna a fait un travail exceptionnel. Tu trouveras aussi, dans le tube, un petit sac avec deux clous numérotés.

— Ah ! formidable ! m'exclamai-je sans pouvoir effacer mon expression de stupeur.

Mon visage allait-il rester ainsi déformé jusqu'à ma mort à cause de cet inconscient de Cavalo ? Dès mon retour à Avila, il me faudrait parler très sérieusement à Roi.

— Comment comptes-tu opérer ? me demanda José tout en allumant une cigarette et en exhalant la fumée par le nez et la bouche en même temps.

Pourquoi diable était-il si séduisant ? Et surtout pourquoi me posait-il des questions si compromettantes ?

— Je compte suivre ma méthode habituelle, répondis-je en avalant un bout de toast avec du foie gras. Le chemin le plus court, le plus sûr et le plus logique. Cela m'a toujours donné de bons résultats, comme tu le sais.

— Cela ne fait aucun doute, tu connais très bien ton travail. Mais je te trouve néanmoins un peu fatiguée, murmura-t-il en me regardant d'un air préoccupé. Tu ne t'es pas reposée après le voyage en Russie ?

— Je me fatigue beaucoup à chaque… affaire, mais je récupère vite grâce aux bons petits plats d'Ezéquiela. Mais cette fois, je n'ai pas eu le temps. Tout s'est passé très vite.

— Tu as raison, acquiesça-t-il avec un geste désolé.

Pendant ce temps, Amalia nous regardait tour à tour et écoutait notre conversation avec grand intérêt.

Celle-ci se poursuivit sur ce même ton superficiel pendant tout le déjeuner mais il était impossible de parler d'autre chose devant l'enfant. Je n'ai jamais vu d'homme plus gâteux avec sa fille que Cavalo. Cependant, à bien y réfléchir, mon père ne le lui cédait en rien. Lui aussi m'avait emmenée assister à des réunions avec Roi au cours desquelles on parlait de choses auxquelles je ne comprenais rien. Mon père avait agi avec moi comme Cavalo avec sa fille.

Le déjeuner terminé, nous sortîmes de l'auberge et fîmes une promenade par le village totalement désert en ce début d'après-midi. On aurait dit une petite famille en pleine promenade dominicale. Heureusement, José avait pris la précaution de garer sa voiture dans un quartier peu habité, près d'un petit pont romain loin du regard des curieux. En y arrivant, il ouvrit le coffre et en sortit le tube qu'il déposa délicatement entre mes mains. Nous échangeâmes un regard entendu, et je mis le tube en bandoulière — c'était ainsi que je comptais le porter pendant l'opération.

— Amalia et moi avons un petit service à te demander, Ana, me dit Cavalo avec quelque timidité.

— Amalia et toi, répétai-je... Bien, je vous écoute.

— Cela t'ennuierait-il de nous rapporter un petit paquet d'Allemagne ? Il s'agit d'une commande très spéciale que j'ai faite à Heinz.

Il voulait parler de Heinz Kemmler, notre cher Läufer, que j'allais avoir le plaisir de retrouver cette semaine même.

— Non, bien sûr, cela ne m'ennuie pas, répondis-je avec sincérité.

Mais je me repentis à l'instant même. Et s'il s'agissait d'un paquet lourd ou qui attire l'attention ? José lut dans mes pensées.

— Il s'agit d'un petit objet très léger qui ne te gênera pas du tout. Amalia et moi sommes passionnés par les engins mécaniques anciens. Nous avons une collection magnifique de jouets animés : danseuses, manèges, clowns, animaux..., n'est-ce pas, Amalia ?

— Oui, papa.

— J'ai demandé à Heinz qu'il achète pour moi un Märklin de 1890 qui est sorti aux enchères il y a quelques semaines à Bonn. Une pure merveille ! Un bijou qui n'a pas de prix. Il s'agit d'une petite poupée de fer-blanc, peinte à la main, qui glisse sur une piste enneigée.

Comme tout bon joaillier-horloger, José avait hérité de son père et de son grand-père le goût des machineries compliquées. D'après ce que je savais, un de ses passe-temps favoris, en plus des échecs, était la restauration de montres anciennes. L'imaginer en train de travailler, concentré, sur un mécanisme fondé sur le fonctionnement parfait et la synchronisation de centaines de pièces minuscules altéra notablement mon système hormonal.

Amalia murmura à cet instant quelque chose en portugais.

— Que dit-elle ? demandai-je, déconcertée.

— Elle t'expliquait que cela fonctionne avec un dispositif de ressorts.

Ainsi donc la fille avait hérité de la passion et probablement de la compétence de trois générations de joailliers renommés. Je commençais à comprendre pourquoi son père vantait sans cesse son intelligence.

José s'était retourné pour la regarder d'un air sévère.

— Amalia, je t'ai dit de parler en castillan quand nous serions avec Ana.

— Je m'excuse, murmura la fille d'un air ennuyé.

— Elle le parle parfaitement mais elle a honte.

— Ce n'est pas grave, dis-je. Et ne vous inquiétez pas, je ramènerai le jouet, je vous le promets. Nous arrangerons plus tard les détails de la remise.

— Merci, Ana, à charge de revanche. Je te souhaite bonne chance, vraiment. Et salue de ma part cet idiot de Heinz, ajouta joyeusement, en partant, celui qui aurait pu être l'homme de ma vie.

Avec un soupir, il posa sa main sur l'épaule d'Amalia et la poussa doucement vers l'intérieur de la voiture. Je me sentis soudain très vieille et pleine d'amertume.

« Tu nous mets inutilement en danger, Ana »,

s'était exclamé l'exigeant Philibert lors de sa dernière visite à la villa. « Arrête de flirter avec Cavalo chaque fois que nous entrons dans l'IRC. N'y a-t-il pas d'autres hommes dans le monde ? Moins on a de contacts entre nous, plus notre sécurité est assurée. » Il m'avait tellement grondée que j'avais l'impression de voir encore ses yeux gris, furibonds, surmontés de ses épais sourcils blancs hérissés.

Je les regardai s'éloigner et poursuivis seule ma promenade jusqu'à ma voiture. Seule, me dis-je, maintenant, j'étais vraiment seule. Le succès de l'opération Krilov reposait entièrement entre mes mains.

Tandis que je passais les remparts d'Avila, la radio annonça la victoire du candidat social-démocrate Schröder, et de ses alliés les verts. L'Allemagne commençait une nouvelle étape dans sa longue et étrange histoire.

L'aéroport international de Zurich, en Suisse, était plus près du Bade-Wurtemberg que celui de Stuttgart, aussi Roi m'avait-il réservé une place dans l'avion qui décollait à quatre heures de l'après-midi de Paris-Orly en direction du centre financier le plus prospère du monde. Une heure après, j'étais assise dans la magnifique Mercedes de Läufer qui roulait à toute vitesse sur l'autoroute en direction de Gossau et de la frontière allemande.

Heinz était la symbiose parfaite de deux natures opposées, comme s'il existait deux hommes distincts en lui : l'un approchant de la quarantaine, bien bâti, charmeur, responsable et intelligent ; l'autre nageant en pleine adolescence, voyou, téméraire et figé dans une sorte d'éternelle et fausse jeunesse avec son épaisse chevelure blanche, sa veste de cuir noir, ses vieilles baskets et son jean usé. Il faisait preuve d'ostentation dans les signes extérieurs — sa voiture, son téléphone portable, l'extraordinaire bouquet de fleurs avec lequel il m'avait accueillie à ma descente d'avion, mais il montrait une profonde bonhomie dans ses goûts personnels.

— *Möchten Sie etwas trinken*[1] *?* lui demanda le serveur du bar où nous nous arrêtâmes pour dîner, une fois la frontière traversée.

— *Ein Pils, bitte*[2].

Et il but d'un seul et long trait la chope d'un demi-litre qu'on lui avait servie. Je pus quant à moi à peine finir cette bière blonde couverte de mousse amère que les routiers allemands affectionnent tant.

— Nous devons rester ici jusqu'à sept heures, dit Heinz en regardant sa montre, pour arriver à Friedrichshafen à sept heures et demie. Tu n'as besoin de rien ? Tu veux te détendre avec un pétard ?

— Ce que je veux, c'est que tu te calmes, toi, déclarai-je en souriant. Tu vas finir par me rendre nerveuse pour de bon. Revoyons ton rôle, il ne faudrait pas que tu commettes d'impair.

— Mais je dois seulement venir te chercher quand tu auras terminé et te conduire à l'aéroport.

1. Que désirez-vous boire ?
2. Une bière, s'il vous plaît.

— Oui, mais répète-le sans t'arrêter pour ne rien oublier.

Je ris beaucoup avec Läufer pendant le dîner. C'était au fond un génie solitaire, un Peter Pan incompris. Une partie de son charme résidait dans le fait que ses impressions se lisaient immédiatement sur son visage, et qu'il parlait avec enthousiasme, chaleur et spontanéité. À dire vrai, passer un moment avec lui était amusant, surtout un temps mort comme celui-là avant d'entrer en action.

À sept heures et demie pile, nous traversions les rues de Friedrichshafen, aussi vide et désolée qu'une ville fantôme. Pas un bar, pas une discothèque ni le moindre passant nocturne… Pas même un policier.

— Nous sommes en Allemagne, pas en Espagne, Ana, m'expliqua Heinz avec un léger geste de regret, et encore moins à Majorque, Benidorm ou Marbella.

— Mais il n'y a pas une seule voiture à part la nôtre !

— Écoute, ici c'est normal à cette heure. À Stuttgart ou à Munich, ce serait plus animé. Mais on est dans un petit village de travailleurs et de pêcheurs qui sont habitués à se lever tôt.

Nous quittâmes la ville par le nord-ouest en suivant la route qui serpentait sur une colline élevée et traversait une zone totalement boisée qui me parut sinistre à cette heure de la nuit. Une fois arrivés au sommet, nous eûmes une vue magnifique sur le lac de Constance. La lune s'y reflétait et l'on distinguait, à moins de cinq cents mètres, les contours du très beau château de Kunst totalement endormi, toutes lumières éteintes. C'était impressionnant de voir cette forteresse médiévale construite sur un îlot près de la rive, unie à celle-ci par un lourd pont que j'allais traverser en courant dans une minute.

Läufer éteignit les phares et gara sa voiture dans le noir, derrière des arbres qui la cachaient de la route. Mon compagnon, un peu craintif, peu habitué à ces missions nocturnes, m'aida à sortir ma petite valise du coffre et demeura immobile, me contemplant tandis que j'accomplissais les rapides et habituels préparatifs : j'enlevai ma veste et mon chemisier, puis mon pantalon, gardant juste des sous-vêtements de maille légère et souple sur lesquels j'enfilai un vêtement isotherme noir comme ceux qu'utilisent les marins pour garder la chaleur de leur corps en cas de naufrage. La combinaison, serrée comme une seconde peau, bien qu'extraordinairement confortable, couvrait tout mon corps, sauf les mains et la tête.

— Jamais je n'aurais pensé..., murmura Läufer dans le noir. Tu fais toujours ça, Ana ? Je veux dire... tu t'habilles toujours de la même façon et tout ?

— Toujours, lui répondis-je en glissant soigneusement mes cheveux dans un bonnet de caoutchouc noir. Le costume me protège du froid mais empêche aussi mon corps d'être détecté par les capteurs infrarouges. Nous émettons des radiations thermiques équivalentes à celles d'une ampoule de 50 watts environ. Si la ceinture de capteurs placée sur les remparts détectait une émission de chaleur dans les créneaux, les alarmes se déclencheraient aussitôt et nous finirions toi et moi notre nuit en prison.

— J'adore ton costume, Ana, vraiment, il te va à ravir.

J'enfilai des gants en latex, et des bottes dont je fermai les cordons. Läufer se mourait de curiosité.

— Ces bottes aussi sont spéciales ?

— Elles ont des semelles de caoutchouc bien pratiques pour escalader des parois verticales. Elles s'accrochent aux creux et fissures comme de vraies griffes. Et avant que tu ne me le demandes, je vais te dire ce que je suis en train de me mettre dans les oreilles, ajoutai-je. Ce sont deux mini-écouteurs avec amplificateurs de son qui me permettent de t'entendre respirer comme si un cyclone soufflait. Avec ça, personne ne peut me surprendre et cela me permet aussi de contrôler mes propres bruits. Et maintenant, s'il te plaît, silence. Entre dans la voiture et profites-en pour dormir un peu. Je serai de retour d'ici une heure.

J'ajustai sur mon bonnet la courroie des intensificateurs de lumière — les lunettes de vision nocturne — et les appuyai fermement sur le nez. Le monde s'illumina soudain sous une curieuse lumière verte puissante. Même le pâle visage de Läufer !

— Et si tu ne reviens pas ? me dit-il en tremblant.

— Ne t'inquiète pas, dis-je en mettant à l'épaule le sac à dos contenant les outils et le rouleau à dessin avec la copie faite par Donna. Tu seras réveillé par les sirènes des voitures de police.

Je traversai rapidement la route et m'arrêtai un instant devant le pont de bois. Je suppliai les dieux qu'il ne crisse pas sous mon poids et par chance les dieux m'écoutèrent. Ramassée sur moi-même, j'avançai à pas feutrés jusqu'à ce que j'atteignisse l'île puis je fis silencieusement le tour de la muraille pour arriver au mur ouest. Les amplificateurs de son m'indiquèrent que les chiens n'avaient pas encore flairé ma présence. Leur niche était juste de l'autre côté des murs. Je calculai ma position, l'angle de tir, la force, la hauteur, et après en avoir arraché l'anneau, lançai une bombe de gaz neutralisant qui dessina un arc dans le ciel et disparut derrière les créneaux. La bonbonne atterrit au sol avec un bruit sourd et un chien aboya, surpris. L'autre n'eut sans doute même pas le temps d'ouvrir les yeux : une bonne dose d'anesthésiants les mirent hors jeu en un dixième de seconde. Ces produits étaient sans danger. Le lendemain, ils se réveilleraient ravis comme des chiots après un bon somme.

Je sortis du sac à dos le petit rouleau de corde de treize mètres de long et seulement dix millimètres d'épaisseur, et plaçai à l'une de ses extrémités l'anneau du harpon à trois pointes que je devais accrocher au chemin de ronde de la muraille. Je le fis tourner comme les ailes d'un moulin en traçant un cercle de plus en plus grand et quand j'eus obtenu le rayon voulu, le lançai vers le haut comme si j'aspirais à gagner la médaille olympique de lancer de marteau. Je devais être très précise si je ne voulais pas que le harpon tombe sur le sol du chemin de ronde derrière les créneaux et déclenche alors l'alarme. Mais il s'accrocha à la corniche du premier coup. Je plaçai ensuite sur la corde les deux poignées d'ascension aussi solides que des gueules de loup et, m'accrochant avec fermeté aux poignées, commençai à escalader rapidement le mur. Une fois arrivée au sommet, je m'assis à califourchon sur la muraille et cherchai du regard les éventails de rayons infrarouges que mes lunettes me permettaient de déceler. Ils étaient bien là, lançant de faibles éclairs dans la clarté verte. Ils ne couvraient même pas complètement la distance entre les deux tours de guet. « White Knight Co. » venait de me donner de nouveau une grande joie par leur travail mal fait. Comment osaient-ils se faire payer des fortunes pour de telles installations ? J'avançai le long de la muraille jusqu'à la zone d'ombre entre les deux passages de rayons et me laissai tranquillement tomber au sol. J'accrochai de nouveau le grappin et me laissai glisser lentement par la corde jusqu'à l'herbe spongieuse de l'ancienne et magnifique cour d'armes. Ce terrain silencieux et solitaire que je foulai maintenant à pas de loup avait été autrefois le cadre des exercices militaires, duels, tournois, jeux, joutes et fêtes d'une société disparue à jamais.

Je trouvai là mes féroces rottweilers au pelage noir brillant qui dormaient paisiblement comme deux petits anges. Je ramassai la bonbonne de gaz et la mis dans un sac à fermeture hermétique que je rangeai. Je disposais de peu de temps, aussi m'élançai-je en courant vers la tour principale. Je sortis du sac à dos la corde de trente mètres, la petite arbalète de chasse féminine de fabrication belge, acquise des années auparavant par mon père aux enchères, et un autre petit crochet d'acier à trois pointes. Je préparai le matériel adossée à la pierre. Quand tout fut prêt, je m'éloignai de trois ou quatre mètres, tendis la corde de l'arc avec la manivelle, l'ajustai à l'arrêt de l'arbrier, plaçai le crochet, visai le sommet du rempart et tirai. Un léger sifflement déchira le silence et me laissa presque sourde à cause des amplificateurs. Il n'y a pas d'instrument plus précis, plus mortel et silencieux qu'une belle arbalète de chasse.

J'escaladai la paroi de l'édifice et me retrouvai sur une terrasse carrée au sol de ciment et d'asphalte d'où débouchaient la machinerie de l'ascenseur, la ventilation, les canalisations, les chaufferies et la souche de cheminée. Tout cela était bien peu médiéval. Heureusement, je n'avais plus à affronter d'autres systèmes de sécurité, il me fallait juste entrer dans l'édifice par la porte de la terrasse pour pénétrer ensuite dans la pinacothèque. La porte avait une serrure sophistiquée pourvue d'un mécanisme anti-rossignol et anti-foret. J'esquissai un sourire malicieux et poussai un soupir de soulagement… Bien que cela ne doive pas être très difficile, je n'avais en vérité pas la moindre idée de la manière de crocheter une serrure, mais j'en savais assez sur les clés, et la preuve en était la magnifique clé à pistons et ressorts en bronze que j'avais fait faire par l'entreprise allemande Brühl Technik & Co., qui entra parfaitement dans la serrure en s'ajustant aux gardes et en ouvrant le verrou.

Et voilà [1] ! Le château de Kunst était tout à moi !

1. En français dans le texte. (*N.d.T.*)

Derrière la porte, un petit escalier de bois poli menait à un ample couloir avec tapis, tapisseries espagnoles, splendides cristaux de Baccarat et porcelaines de Sèvres entre les grandes fenêtres. J'avançai sur la pointe des pieds. Il n'y avait aucun risque que je sois entendue, le revêtement épais du sol étouffant mes pas, et le ménage Seitenberg dormant quatre étages plus bas. Tout au bout, une porte de chêne gravé qui s'ouvrit sans faire de bruit me donna accès à la galerie de tableaux. Quelle ne fut pas ma surprise en découvrant, suspendue aux murs et panneaux placés au centre de la salle, la plus grande partie des œuvres volées dans les plus importants musées d'Europe ces dernières années : le paysage inachevé de *La Cabane de Jourdan* de Cézanne et les deux Van Gogh, *L'Arlésienne* et *Le Jardinier*, soustraits à la galerie d'art moderne de Rome ; *Le Chemin de Sèvres* de Camille Corot, *L'Autoportrait* de Robert de Nanteuil et *Le Turpin* de Crissé volés au Louvre ; *Les Falaises de Dieppe* de Monet et *L'Allée des peupliers de Moret* de Sisley récemment volés au musée des Beaux-Arts de Nice ainsi que bon nombre d'autres œuvres qui éveillèrent mon admiration et mon envie. Le Club d'échecs n'était pas le seul à se consacrer à cette tâche lucrative en Europe, même s'il fallait reconnaître qu'il était le meilleur, et que là où les autres employaient les armes pour mener à bien leurs vols, nous n'utilisions que l'intelligence. Ainsi, me dis-je avec ironie, Helmut Hubner, le célèbre entrepreneur philanthrope des biscuiteries, ancien membre du parti nazi, était derrière toutes ces soustractions.

« Eh bien ! Eh bien ! », murmurai-je sans m'en apercevoir. Mon cœur s'arrêta, je retins ma respiration, effrayée par le son de ma propre voix. C'était la première fois que je perdais ainsi le contrôle pendant une opération, mais le spectacle que j'avais sous les yeux aurait fait frissonner de plaisir n'importe quel amateur de peinture.

Le tableau de Krilov était accroché tout en haut d'un panneau central. Je reconnus les traits familiers des moujiks que j'avais vus si souvent sur l'écran de mon ordinateur. Ils étaient soumis maintenant à la lumière verte et artificielle de mes lunettes. Je ne permis pas que leurs tristes regards m'impressionnent pendant que je décrochais le tableau et le déposais sur le foulard de soie que j'avais étalé par terre et qui allait me servir de table de travail improvisée. Je sortis les outils du sac à dos et me mis à l'œuvre. Cela faisait quinze minutes que j'avais laissé Läufer dans la voiture, il m'en faudrait tout autant pour rentrer, je disposais donc d'à peine une demi-heure pour réaliser la substitution et effacer toute trace de mon passage. Cela me laissait bien peu de temps.

Je plaçai le cadre face contre terre et à l'aide d'un tournevis soulevai les broquettes qui maintenaient le châssis sur le cadre en les extrayant avec des pinces. Je séparai ensuite ces deux supports avec soin et me lançai dans la tâche délicate de retirer un à un les maudits clous numérotés qui reliaient la toile au bois. Je me félicitai silencieusement de ne pas avoir eu à utiliser les rechanges que Donna avait eu tant de mal à se procurer car les pièces sortirent proprement malgré la difficulté. Je me redressai pour m'étirer et observer le résultat : tout allait bien, il n'y avait pas de quoi s'en faire, aussi respirai-je profondément plusieurs fois. Je m'apprêtai à continuer quand juste à cet instant, quelque chose attira mon attention. Je ne sais pas ce que ce fut exactement, peut-être une tonalité distincte sur les bords du tableau produite par la lumière infrarouge de mes lunettes ou une tache d'humidité, ou l'ombre du panneau ... je l'ignore. En fait, il ne s'agissait de rien de tout cela. Qu'avais-je donc vu ? Je me penchai intriguée et découvris un inattendu et absurde rentoilage dans la toile.

Les rentoilages s'utilisaient exclusivement dans le processus de restauration de toiles très abîmées par le passage du temps. Quand un original présentait des déchirures ou des zones sur lesquelles le tissu était effilé par la tension du châssis, on appliquait une toile forte sur le revers pour conférer plus de solidité et de résistance au tableau, une fois restaurées bien sûr la toile originale et la peinture affectée. Néanmoins le tableau de Krilov n'avait qu'un peu moins de quatre-vingts ans et ne présentait aucune détérioration apparente. Peint sur une toile de facture industrielle moderne, forte et résistante, il paraissait encore en parfaite condition. Pourquoi donc lui avoir ajouté cet absurde entoilage ?

Je sortis le faux du tube de Donna et mis l'original de Krilov à sa place. Puis je me penchai de nouveau vers le sol et ajustai le faux sur le châssis, le tendant avec précaution et le soutenant avec les clous numérotés qui reprirent chacun leur place.

Je replaçai le cadre face contre terre sur l'ample foulard de soie et introduisis la toile à l'intérieur. Je clouai les mêmes broquettes que j'avais enlevées avec les pinces. Une fois la substitution terminée, j'accrochai le tableau au panneau, examinai le résultat avec satisfaction puis ramassai mes affaires. Il ne me restait plus qu'à sortir de là au plus vite pour me mettre à l'abri.

Je regagnai la terrasse, me glissai par la paroi de la tour et, après avoir repris le crochet, ramassai mon matériel et parcourus à toute vitesse la cour d'armes. Je me sentais cruellement exposée sous la lumière blanche de la lune. « Un jour arrivera où je ne pourrai plus faire ce genre de choses », me dis-je. Un jour mon corps n'aurait plus les réflexes face aux risques qu'entraînait ce genre de travail, et alors que deviendrais-je ? Parmi tous les membres du Club j'étais la plus sujette à une mise à la retraite anticipée, et quand ce jour arriverait, irais-je m'enfermer dans ma petite boutique d'antiquités à regarder passer le temps… ? Eh bien, oui, certainement oui, il valait mieux que je me fasse à cette idée et que je profite du présent parce qu'une fois devenue toute vieille et ridée, je devrais me contenter de regarder le spectacle des gradins ! J'escaladai la muraille en jetant un dernier regard sur les pauvres chiens endormis et redescendis de l'autre côté avant de toucher le sol de l'île. Dès que j'aurais traversé le pont et serais montée dans la voiture de Läufer, une nouvelle opération du Club d'échecs serait couronnée de succès.

La lune croissante continuait à briller et semblait ruisseler sur les eaux du Bodensee, le lac de Constance, tandis que je traversais la route. Läufer poussa un tel soupir de soulagement en me voyant qu'il me rappela un enfant oublié par ses parents à la porte de l'école. J'eus de la peine en lui faisant mes adieux, quelques heures plus tard à l'aéroport de Zurich, après avoir reçu de ses mains le petit paquet pour Amalia et Cavalo. Au fond, c'était un génie bien sympathique.

2

Je ne repensai plus au mystérieux entoilage jusqu'au dimanche après-midi suivant quand je me rendis à Santa Maria de Miranda pour déposer la toile dans le « cachot ». Au moment de quitter la cellule, alors que ma tante m'attendait avec impatience, je me rappelai soudain ce que j'avais vu si rapidement pendant le vol.

Il me fallut quelques secondes au cours desquelles j'envisageai, déconcertée, la possibilité de laisser les choses en l'état et de sortir de là sans rien toucher, pour me décider à enquêter un peu pour mon compte. Je retournai sur mes pas et sortis la toile du tube. Son épaisseur était certainement due à l'addition du renfort. Au toucher, on pouvait se rendre compte que les deux toiles n'étaient pas complètement collées l'une à l'autre mais frottaient légèrement l'une contre l'autre, aussi lâches que la doublure d'un sac. L'adhérence ne se faisait que sur les bords, et elle ne paraissait pas très consistante. J'eus l'impression qu'en décollant simplement un des coins du rentoilage celui-ci se détacherait sans grande difficulté. Pourtant, je ne me décidai pas à tenter cette opération. J'eus peur d'abîmer la toile originale et de provoquer ainsi un conflit avec notre client russe. Je la remis donc dans le tube et retournai chez moi tout en réfléchissant à l'affaire. Cette histoire n'avait aucun sens. Plus j'y pensais, pendant le dîner, moins je comprenais le motif de cet arrangement sur une toile en parfait état. Cela finit par me préoccuper au point que je me levai du lit au milieu de la nuit et me dirigeai vers mon bureau pour envoyer un message à Roi. J'avais besoin de lui faire savoir ce que j'avais découvert pour qu'il me fournisse une bonne explication et que je puisse enfin dormir en paix.

La réponse de Roi arriva le lendemain à la première heure. Il avait parlé avec Donna, et celle-ci, experte en la matière, recommandait de décoller l'entoilage pour deux raisons fondamentales : la première parce que la simple existence de ce renfort était absurde. Et la seconde parce que cette absurdité même risquait d'éveiller la méfiance de notre client. S'il s'agissait d'une erreur, l'éliminer ne gâcherait en rien la valeur de l'œuvre, bien au contraire.

Je repris donc ma voiture et refis le chemin jusqu'au monastère de ma tante qui m'accueillit, perplexe devant mon retour si rapide.

— Mais que fais-tu ici à cette heure ? s'exclama-t-elle d'un ton de reproche.

« En dépit de tout, me dis-je en m'armant de patience, c'est ma tante, et je l'aime. »

— Je dois revoir quelque chose que j'ai laissé hier au « cachot ».

— Je ne peux pas t'accompagner, Ana Maria, je dois assister aux laudes dans cinq minutes.

— Je n'ai pas besoin que tu sois là chaque fois, ma tante, répondis-je, très contente. Je te rappelle que je connais le chemin par cœur.

— Très bien, répliqua-t-elle. Puisque tu n'as pas besoin de moi, tu m'en vois ravie. Voici la clé. Ne pars pas sans me la rendre.

— Je ne l'emporterai pas, je te le promets, je sais que tu en ferais un infarctus, lui dis-je en lui plantant un baiser affectueux sur la joue.

Juana fut si surprise qu'elle me regarda d'un air confus pendant quelques secondes sans savoir quoi faire. Puis elle pivota sur ses talons d'un air très digne et s'éloigna vers l'église.

En chemin, je saluai plusieurs retardataires qui se rendaient à l'oraison. Au fond, j'adorais me promener seule dans cette enceinte fraîche et propre, remplie d'histoires. Je me demandai avec curiosité combien de religieuses avaient accouru aux prières par ces couloirs à cette même heure à travers les siècles. Quelle étrange vie ! Aussi beau que soit le monastère, je ne pouvais comprendre que l'on accepte de s'y enfermer à vie et de renoncer à ce qu'il y avait de bon (et de mauvais) à l'extérieur.

Mes mains tremblaient quand j'ouvris la porte de la cellule. Et je dus respirer profondément plusieurs fois pour contrôler mon pouls qui s'était accéléré. Quelle bêtise ! Au cours des opérations les plus dangereuses, alors que je courais les plus grands risques, les battements de mon cœur demeuraient inaltérés, me procurant la froideur nécessaire pour adopter les décisions les plus correctes. Et maintenant, alors qu'il s'agissait juste de décoller deux simples toiles, je me sentais toute nerveuse et excitée.

Je choisis pour opérer une table en noyer italienne du seizième siècle, aux pieds en forme de coupe. J'y étendis une large feuille de papier végétal et posai dessus, à l'envers, la toile de Krilov. Avec l'aide de coton-tige humidifiés et d'une petite spatule, je commençai à décoller les deux toiles aussi rapidement que le permettait la vieille résine utilisée comme colle. Avant même d'avoir terminé le travail qui ne me prit que dix minutes, j'avais compris que cet étrange entoilage était en fait un autre tableau distinct collé à celui de Krilov. Quand j'eus enfin terminé de les séparer et pus soulever le renfort, je me retrouvai en effet devant une seconde peinture qui n'avait rien à voir avec la première. Comme il m'était impossible de la voir distinctement à cause du faible éclairage, je sortis de la cave, cherchant la lumière du jour dans le cloître, si surprise et déconcertée que je ne me souciai même pas de savoir si une religieuse étourdie ne passait pas par là au même moment. Je devais offrir un étrange spectacle, debout, les bras complètement tendus pour maintenir dépliée la toile devant mes yeux.

Un vieil homme à la longue barbe et au visage méchant levait la tête et regardait vers le haut du fond de ce qui paraissait être un puits rempli de boue lui arrivant à la ceinture. De grosses cordes passées sous ses bras le remontaient vers la sortie. Il se laissait hisser sans changer l'expression de haine de son regard. L'image était ténébreuse, sans nuances et assez mal exécutée. Sans doute l'œuvre d'un amateur. Dans la partie supérieure, une tablette à écrire de forme ovale entourée d'un faux cadre de volutes exhibait une inscription indéchiffrable en hébreu. Au bas, à droite, apparaissait le nom de l'artiste, un certain Erich Koch, et une date, 1949. Comme il était étrange que quelqu'un ait collé cet ouvrage mal conçu au dos d'une œuvre telle que les *Moujiks* de Krilov ! Heureusement, j'avais pensé à emporter mon appareil photo. Je pris donc quelques instantanés sous divers angles pour les envoyer plus tard à Roi.

Je rangeai le Krilov dans le tube et mis ma découverte dans un autre tube à dessin que j'avais là. J'avais hâte d'être chez moi pour informer le Club du résultat de ma prouesse. Bien, me dis-je satisfaite, voilà un mystère résolu.

J'allai chercher dans l'après-midi les photos au magasin de développement rapide qui se trouvait près de la cathédrale, et les passai rapidement au scanner pour les envoyer à Roi par e-mail. Comme je n'arrivais pas à comprendre comment régler les formats des images et la qualité de résolution, il me fallut une demi-heure pour envoyer le message. À dix heures du soir, après être allée vérifier le courrier toutes les vingt minutes, je renonçai à l'idée de recevoir une réponse du comte Philibert et j'éteignis l'ordinateur. Plus tard, alors que nous dînions, Ezéquiela, qui avait une expression bizarre dans le regard, me raconta les potins et nouveautés de la journée. Quand nous eûmes fini de débarrasser la table, je lui coupai la parole et me retirai dans ma chambre : j'avais envie de lire un peu avant de dormir et le roman de Céline, *Voyage au bout de la nuit*, m'attendait sur ma table de chevet. Mais Ezéquiela, qui apparemment n'avait pas terminé de tout me raconter, apparut soudain sur le seuil de ma porte avec une grande tasse de lait chaud dans les mains, prétexte pour entrer et s'asseoir au pied de mon lit :

— Écoute, jamais jusqu'à maintenant je ne t'avais dit ce que je vais te dire..., commença-t-elle.

Ces mots déclenchèrent une sirène d'alarme dans mon esprit.

— Dans ce cas, ne me le dis pas. Je suis sûre que je peux continuer à vivre sans que tu m'en parles.

— Ne sois pas si impertinente, Ana !

Je poussai un soupir résigné.

— Bien, je t'écoute, dis-je en tirant les draps sur moi avant de reposer le livre avec un pincement au cœur.

— Cela fait un moment que je pense qu'il faudrait te marier.

— Bon, c'est fini ? dis-je en me redressant et en la menaçant de mon livre. Tu peux partir ! Bonne nuit !

— Ana Maria, laisse-moi parler ! cria-t-elle.

Évidemment, je ne lui obéis pas.

— Mais tu crois que c'est normal, vociférai-je, de faire un tel scandale à cette heure ! Les voisins vont croire que nous sommes devenues folles !

— Voyons, la seule qui crie ici, c'est toi ! protesta Ezéquiela en baissant le ton et en utilisant sa voix d'aimable petite vieille gravement offensée.

— Ah ! oui, parce que toi tu ne criais pas peut-être !

— Moi ? dit-elle surprise. Bien sûr que non !

— Ezéquiela, tu vas me rendre folle, je te le jure !

— Si tu voulais bien m'écouter sans discuter, dit-elle très dignement, d'un ton raisonnable en passant la main sur la couverture pour lisser un pli invisible, nous ne serions pas obligées d'en arriver là chaque fois.

Je ne pus contenir mon indignation.

— Mais de quel droit me dis-tu tout cela ! Tu entres pour m'apporter un verre de lait chaud et soudain je me retrouve en pleine guerre de Troie.

— Je voulais juste que nous parlions de ton horloge biologique.

— Tu ne devrais pas regarder si souvent la télévision, grognai-je. Cette histoire d'horloge biologique, cela ne te va pas du tout.

— Ana Maria, tu vas bientôt avoir trente-quatre ans, et avant que tu ne t'en sois aperçue tu auras passé l'âge d'avoir des enfants.

— Je te rappelle que Rosario Aliaga, ma gynécologue, a eu son premier enfant à quarante ans.

— Et alors ? Tu veux faire comme ta gynécologue, c'est ça ?

Je la regardai attentivement. Il y avait quelque chose qui ne collait pas. Son menton rond tremblait imperceptiblement et dans ses yeux brillait une mer de larmes contenues. Sans m'en rendre compte, je tendis la main et pris la sienne qui reposait sur la couverture.

— Que cherches-tu à me dire, Ezéquiela ? Que t'arrive-t-il ? Ce n'est pas vraiment ton style de venir me voir avec des histoires de mariage.

Elle poussa un long soupir et leva lentement les yeux vers moi.

— La semaine prochaine, j'aurai soixante-dix ans.

— Oui, je sais, mercredi prochain.

— Que deviendras-tu quand je ne serai plus là ?

C'était donc ça.

— Oh ! Ezéquiela, je t'en prie.

Elle me regarda longuement avec une expression de reproche.

— Tu n'as personne d'autre que moi ! Quand je serai morte tu resteras complètement seule. Tu n'aimes même pas les chiens.

— Mais j'ai ma tante Juana, dis-je en le regrettant aussitôt.

— Juana ! reprit-elle avec mépris. Celle-là ! Mais tu ne te rends pas compte ! Ta tante est allée s'enfermer de son plein gré dans un couvent. À ma mort, tu resteras seule dans cette grande et vieille maison sans personne pour s'occuper de toi, pour se soucier de toi.

Des larmes commencèrent à former de petites lagunes entre les nombreuses rides de sa peau.

— C'est ce qui me fait le plus peur ! Tu n'as rien, Ana Maria ! Si, au moins, tu avais un enfant ! Dieu sait bien que je préférerais que tu te maries avec un homme convenable et à l'église, mais si ce n'est pas ton choix, si tu ne veux te lier à personne, aie au moins un enfant ! C'est la seule chose que je te demande pour mon anniversaire !

— Tu veux que j'aie un enfant en une semaine ? lui demandai-je, scandalisée.

Ezéquiela sourit.

— Tu sais très bien ce que je voulais dire.

— Écoute, vieille ronchon, la seule chose que je sais, c'est que tu as assez de ressort pour durer encore longtemps, et que tu ne vas pas mourir le jour de ton anniversaire. En plus, que dirait-on à Avila si la dernière Galdeano tombait enceinte d'un inconnu ?

— Ils diront ce qu'ils voudront ! Cela m'est bien égal.

— Je ne te savais pas si moderne.

— Et je ne le suis pas, affirma-t-elle en se séchant le visage avec le dos de sa manche. Mais je ne peux pas supporter l'idée de te savoir seule. Promets-moi que tu y réfléchiras.

— Je te le promets. Voilà, tu es contente maintenant ?

— Promets-le-moi encore une fois en me regardant dans les yeux.

— Ezéquiela, cela suffit ! Mais tu m'imagines avec un enfant ? Tu crois que je suis faite pour être mère ? Je n'ai pas le moindre instinct maternel ni aucune envie de me reproduire.

— Promets !

— Oh ! mon Dieu, m'écriai-je, exaspérée, en levant les bras au ciel. Mais qu'est-ce que j'ai fait pour mériter ça ?

— Ana Maria !

— Bon, bon, je te le promets, lui dis-je en la regardant dans les yeux. Je promets que je penserai sérieusement à la possibilité d'avoir un enfant.

Ezéquiela sourit comme une petite fille capricieuse qui, après avoir rendu fou son entourage par sa colère, obtient ce qu'elle désire.

— Bien, bien, s'exclama-t-elle en me tapotant la main. Maintenant, je vais te laisser lire.

Elle se leva du lit sans cesser d'arborer son sourire satisfait et, après m'avoir tracé le signe de la croix sur le front avec l'index droit, me donna un baiser léger et sortit de la chambre en fermant doucement la porte.

Je n'avais pas la moindre intention de tenir ma parole, mais j'avais réussi à me débarrasser d'Ezéquiela pour un moment. Je savais très bien qu'elle reviendrait à la charge comme une colonne de chevau-légers mais j'étais tranquille pour quelques mois.

Je fis d'horribles cauchemars cette nuit-là. Je rêvai de bébés dodus et baveux qui ressemblaient à ceux que l'on voit dans les publicités à la télévision pour les couches-culottes. Ils avaient tous le teint rose et étaient blonds comme des anges. Le problème, c'est qu'ils avaient aussi les yeux bleus comme ma tante et que dans la famille Galdeano personne n'a jamais eu les yeux bleus. Évidemment, le lendemain matin je me réveillai épuisée et d'assez mauvaise humeur, si bien qu'Ezéquiela s'arrangea pour disparaître de ma vue en allant se perdre dans la maison avec habileté.

J'attachai la ceinture de ma robe de chambre, bâillai à m'en décrocher la mâchoire et me dirigeai vers mon bureau. J'allumai l'ordinateur. Un soleil radieux entrait par la fenêtre. Un profond arôme de café frais me parvint et m'attira vers la cuisine tandis que l'appareil se mettait en marche et se connectait à Internet pour vérifier le courrier reçu. Je n'avais pas fini de me servir une tasse quand j'entendis une voix métallique me prévenir de l'arrivée de messages.

« Il faudra que je change cette annonce », me dis-je en versant un peu de lait froid dans le café brûlant. Je m'assis en face de l'écran. Le message apparut, déjà décrypté : « IRC # Chess, 9'30, pass : Govinda. Roi. » Je regardai machinalement ma montre. Il était huit heures et demie. J'avais le temps d'aller courir. J'enfilai un tee-shirt, un bas de jogging et des tennis, et sortis dans la rue. Les poumons remplis de l'air frais du matin, j'abandonnai l'enceinte fortifiée de la ville par la porte qui donne sur l'église San Vicente puis descendis par la gauche vers le pont Adaja. Sans noter encore de fatigue, mais un peu étourdie par l'agitation matinale de la circulation, j'arrivai aux Cuatro Postes où sainte Thérèse fut arrêtée, encore enfant, alors qu'elle essayait de s'enfuir vers les terres maures pour y souffrir le martyre. Je pivotai sur mes talons en faisant des petits sauts pour ne pas perdre le rythme, pris une profonde inspiration, lançai un dernier regard vers la ville depuis le sommet, et retournai sur mes pas pour entrer de nouveau dans le quartier ancien par la porte de la rue du Conde Don Ramón.

À l'heure fixée, enveloppée dans mon peignoir,

je repris ma place devant l'écran tout en me séchant les cheveux avec une serviette, et me connectai à l'IRC. Le serveur me céda tout de suite le passage. Cette maudite connexion me coûtait une fortune. Comme toujours j'entrai dans l'Undernet en faisant d'abord un petit tour du monde et en changeant sans cesse d'identifiant. Ce jour-là, j'utilisai un routeur qui passait par Pensacola et Singapour pour arriver à « # Chess » avec mes fausses données en mandarin. Je dus changer la configuration du programme pour écrire Govinda en alphabet latin sans bloquer l'ordinateur. Roi, comme à l'accoutumée, m'attendait déjà.

— Bonjour, Peón. Tu as bien dormi ?

Un frisson me parcourut le dos alors que me revenait l'image des bébés aux yeux bleus et boucles blondes.

— Bonjour, Roi. Non, en fait, j'ai passé une très mauvaise nuit. Tout le monde a rendez-vous ?

— Oui, sauf notre *broker*, Rook, à cette heure, il est déjà au travail à la City.

Les marchés boursiers européens s'enfonçaient inéluctablement dans l'une des pires crises financières de l'histoire. Rook devait travailler comme un fou pour essayer de ralentir ses pertes. Mais tant que les japonais ne contrôleraient pas leur déflation, que les Russes continueraient à dévaluer le rouble et que le monde sud-américain continuerait à être aussi fragile, les investisseurs n'oseraient pas agir.

— Comment va ta tante ? demanda Roi en changeant de sujet.

Rook, la Tour, était son courtier en Angleterre et la crise donnait certainement au comte Philibert des sueurs froides.

— Comme toujours. Elle dirige son couvent d'une main de fer.

— Quelle femme ! s'exclama-t-il avec admiration.

J'ai toujours été convaincue qu'entre Roi et Juana il y avait eu quelque chose dans le passé, mais malheureusement je n'en ai jamais eu la preuve.

— Transmets-lui mon affection quand tu la verras.

— Je n'y manquerai pas.

Les autres arrivèrent peu de temps après. La réunion pouvait enfin commencer. Cavalo et Läufer me saluèrent avec effusion et me félicitèrent pour notre succès en Allemagne. Läufer voulut raconter dans le détail ma splendide prestation mais Roi l'arrêta net avec un énergique rappel à l'ordre. Naturellement le clavier de Heinz était toujours abîmé. Il continuait à s'exprimer à grands cris.

— CAVALO, J'AI DONNÉ À PÉON TON MÄRKLIN COMME CONVENU !

— Comment veux-tu que je te le fasse parvenir ? demandai-je à José.

En réalité, j'avais complètement oublié le paquet qui devait se trouver quelque part dans une armoire de ma chambre.

— Il n'y a aucune urgence. On fixera un rendez-vous un de ces jours, qu'en penses-tu ?

— Parfait, répondis-je, très contente à l'idée de revoir bientôt Cavalo.

— Vous avez tous regardé les photos que je vous ai envoyées ? demanda Roi en changeant de sujet.

Les réponses furent affirmatives.

— Quelqu'un posséderait-il des informations sur cet étrange tableau ?

L'écran demeura vide pendant quelques instants.

— Bien. Je vais donc vous dire pourquoi j'ai convoqué cette réunion. Il est certain que je n'ai pas beaucoup dormi cette nuit…

Roi nous expliqua que lorsqu'il avait reçu les images, il avait été extrêmement choqué de voir le nom d'un peintre allemand, Erich Koch, sur une toile qui représentait un vieux personnage juif d'évidente origine biblique qu'il ne put tout d'abord réussir à identifier. Mais à part le fait que cette toile étrange était cachée derrière un autre tableau, ce qui attira le plus son attention fut la date, 1949, quatre ans à peine après la fin de la Seconde Guerre mondiale. Poussé par la curiosité, il avait réveillé Läufer en pleine nuit pour lui demander d'effectuer toutes les recherches possibles sur cet artiste inconnu ; puis il avait appelé son ami Uri Zev, membre de la division des Affaires culturelles et scientifiques du ministère des Relations extérieures israélien.

— Et qu'as-tu bien pu raconter à ton ami Zev, si ce n'est pas trop te demander ? voulut savoir Donna.

— Ne vous inquiétez pas. Uri a travaillé avec

moi par le passé, c'est un homme de toute confiance. Et puis, j'ai pris la précaution d'effacer des photos le nom de Koch ainsi que la date.

— Et il n'a pas été surpris que tu l'appelles à une heure si intempestive ? poursuivit Donna. Il était évident qu'elle ne se sentait pas rassurée.

— Uri est habitué à ce qu'on lui téléphone à n'importe quelle heure du jour et de la nuit. Son travail à la division des Affaires culturelles n'est qu'une infime partie des nombreuses activités internationales qu'il mène. Crois-moi, Donna, Uri est un homme en qui on peut avoir toute confiance. Ce n'est pas la première fois que je le consulte pour une information relative à notre travail. Je le fais toujours de manière qu'il ne puisse pas me mettre en relation avec ce qu'il lit ensuite dans la presse. Hier soir, je lui ai raconté que l'image était le tableau d'un peintre israélien contemporain inconnu qui vivait en Galilée, et que je souhaitais seulement qu'il me fasse une analyse rapide de l'œuvre et me traduise le contenu de la tablette.

— ET QUE T'A-T-IL APPRIS ? demanda Läufer avec impatience.

— Avant de te répondre, je veux que tu répètes ici ce que tu m'as raconté ce matin. Mais j'aimerais que tu écrives en lettres minuscules.

— JE NE PEUX PAS ! PERSONNE NE ME CROIT, C'EST ÇA ?

La réponse fut évidemment négative, à l'unanimité. Mais Läufer n'en fut pas plus ému et il nous mit au courant de ses découvertes avec toutes les majuscules nécessaires. Il avait disposé d'à peine deux heures cette nuit pour naviguer dans la toile à la recherche de toute information sur un peintre allemand de la moitié de ce siècle appelé Erich Koch. Le peu qu'il avait pu trouver l'avait laissé perplexe : les données qu'il recevait sur son ordinateur n'avaient rien à voir avec un peintre inconnu, mais avec le gauleiter Erich Koch, hiérarque nazi de la province prussienne de Königsberg, mort dans une prison polonaise en 1986.

— Et aucun autre Erich Koch n'apparaît nulle part ailleurs ? demanda Cavalo. Il est clair qu'il doit s'agir de deux personnes différentes.

— Pas nécessairement, fis-je remarquer en tirant rapidement des conclusions dans mon esprit.

— C'EST LA MÊME PERSONNE. IL N'EXISTE AUCUN AUTRE ERICH KOCH DANS LES RECENSEMENTS ALLEMANDS DEPUIS 1875.

— Il est curieux que nous soyons tombés sur trois nazis dans cette histoire, dis-je, étonnée. Fritz Sauckel, Helmut Hubner et Erich Koch. Tous trois étroitement liés au monde de l'art et au tableau de Krilov.

— Tout le problème est là, remarqua Roi. Je suis convaincu que nous sommes tombés par hasard sur une affaire épineuse qui échappe pour le moment à notre compréhension, mais pourrait nous concerner directement si Helmut Hubner fait partie de cette énigme.

— Et qu'en est-il de notre client russe ? Ne faudrait-il pas faire quelque chose à son sujet ? proposa Cavalo.

— Vladimir Melentiev… ? Si, bien sûr, il faudra aussi faire des recherches sur lui. Il est évident que son intérêt pour le tableau de Krilov a été le détonateur de toute cette affaire. On aurait peut-être dû s'informer un peu plus avant d'accepter sa mission.

— IL EST POSSIBLE QU'IL NE SACHE RIEN DU TABLEAU DE KOCH.

— Enfin, Läufer ! protesta Cavalo, souviens-toi qu'il était prêt à payer n'importe quel prix pour récupérer le Krilov. Cette attitude ne me paraît pas vraiment d'une grande innocence !

— JE DOUTE QUE LE TABLEAU DE KOCH AIT UNE QUELCONQUE VALEUR, IL EST DE TRÈS MAUVAISE QUALITÉ.

— Au fait, Roi, tu ne nous as pas raconté ce qu'avait dit ton ami Uri ? dis-je.

— Ah ! oui, c'est vrai. Attendez que je prenne mes notes… Voilà… La scène représente apparemment le moment où le prophète Jérémie est libéré de captivité. Si vous avez une Bible sous la main, vous trouverez l'histoire dans Jérémie 38, 1-14. Le prophète fut jeté dans la citerne pleine de boue de Melquias, fils du roi Sédécias, pour avoir prédit que divers malheurs s'abattraient sur le peuple d'Israël. Jérémie fut condamné à mourir de faim et de soif. Un eunuque éthiopien de la cour intercéda auprès du roi et obtint qu'on le sorte de là. C'est la scène représentée sur le tableau.

— Et que signifie l'inscription sur la tablette ?

— Uri n'a pas pu me le dire ! Il s'agit bien de l'alphabet hébreu, mais le texte est totalement incompréhensible !

— FANTASTIQUE !

— Läufer, je veux que tu ailles fouiller dans les

bases de données du monde entier s'il le faut pour trouver tout ce que tu pourras sur Erich Koch, Fritz Sauckel, Vladimir Melentiev et Helmut Hubner. De mon côté, je vais me pencher sur la vie d'Ilia Krilov jusqu'à ce que je connaisse ses pensées intimes. Les autres, je vous demande de vous concentrer sur le tableau de Koch jusqu'à ce qu'il ne reste plus un détail qui n'ait été analysé. Le Club d'échecs a pu se mettre sans le vouloir dans une affaire épineuse aux conséquences imprévisibles, alors, tout le monde au travail ! Je vous attends tous dimanche prochain, le 11 octobre, à la même heure au même endroit. Le mot de passe sera « Gobi ». Et n'oubliez pas, une sécurité maximale est notre plus grand avantage. Si l'un de nous tombe, nous tombons tous.

Je passai toute la journée au magasin occupée à mille petites choses, mais à huit heures du soir, une fois l'alarme branchée et le volet métallique tiré, le tableau de Koch redevint ma préoccupation première. Ezéquiela regardait la télévision dans le salon tout en brodant au point de croix des petites scènes qu'elle encadrerait ensuite pour les suspendre au mur de sa chambre. La maison était chaude et il y avait du café frais dans la cuisine.

Sans prendre le temps d'enlever ma veste ni de poser mon sac, j'entrai dans mon bureau, allumai l'ordinateur et la lampe, branchai l'imprimante. Tandis que les appareils se mettaient en marche et effectuaient les tâches programmées, je me servis une tasse de café et me changeai. Je retournai ensuite au bureau, vérifiai que je n'avais pas reçu de courrier, et démarrai le programme Photo Paint, l'un des meilleurs pour la manipulation d'images. Je chargeai la photo scannée du *Jérémie* de Koch, de face. Je mis du papier photo dans l'imprimante et fis une première impression en ajustant le contraste, la saturation et le brillant avec l'option de qualité maximale. Au bout d'un long moment, d'une rame de papier et d'une cartouche entière d'encre couleur, le sol de la pièce se retrouva couvert d'agrandissements de tel ou tel détail. Certains étaient posés sur les meubles, d'autres scotchés aux murs. J'avais pris la vieille Bible familiale recouverte de cuir noir et déformée, et fis les cent pas dans le bureau avec ce gros livre dans les bras en lisant à voix haute le texte des quatorze premiers versets du chapitre 38 du livre de Jérémie :

> Chephatya, fils de Mattân, Guedalyahou, fils de Pachhour, Youkal, fils de Chèlèmyahou, et Pachhour fils de Malkiyya, entendirent les paroles que Jérémie disait à tout le peuple : « Ainsi parle Yahvé : "Celui qui restera dans cette ville mourra par le glaive, par la famine et par la peste ; celui qui se rendra aux Chaldéens vivra : il aura sa vie pour butin et il vivra." Ainsi parle Yahvé : cette ville sera sûrement livrée à l'armée du roi de Babylone qui la prendra. »
>
> Les chefs dirent au roi : « Que cet homme soit mis à mort, attendu qu'il décourage les hommes de guerre qui restent dans cette ville ainsi que tout le peuple en leur disant de telles paroles. Cet homme en effet ne recherche pas le salut de ce peuple mais son malheur. » Le roi Sédécias dit : « Le voici ! Il est entre vos mains ! Car le roi ne peut rien contre vous. » Ils prirent Jérémie et le jetèrent dans la citerne de Malkiyyahou, fils du roi, dans la cour de garde. Ils descendirent Jérémie avec des cordes. Dans la citerne il

n'y avait pas d'eau mais de la boue et Jérémie s'enfonça dans la boue.

La porte du bureau s'ouvrit brusquement et je m'arrêtai soudain pétrifiée comme le photogramme d'un vieux film, le livre dans la main gauche et le poing droit levé pour menacer les chefs.

— Cela ne va pas ? Je t'entends crier depuis tout à l'heure ! me demanda Ezéquiela d'un ton préoccupé.

— Je suis en train de lire la Bible.

Ezéquiela haussa les sourcils, écarquilla les yeux et sortit en poussant un long soupir.

— Tu ne vas vraiment pas bien.

Ebed Mèlek le Kouchite, un eunuque de la maison du roi, apprit qu'on avait mis Jérémie dans la citerne. Comme le roi était assis à la porte de Benjamin, Ebed Mèlek sortit de la maison du roi et parla au roi en ces termes : « Mon seigneur le roi, ces hommes ont mal agi en tout ce qu'ils ont fait à Jérémie le prophète : ils l'ont jeté dans la citerne où il mourra de faim sur place car il n'y a plus de pain dans la ville. » Le roi donna cet ordre à Ebed Mèlek le Kouchite : « Prends d'ici trois hommes avec toi et tu feras remonter de la citerne Jérémie le prophète avant qu'il ne meure. » Ebed Mèlek prit les hommes avec lui et entra dans la maison du roi, au vestiaire. Il y prit de vieilles loques et de vieilles hardes qu'il fit passer à Jérémie dans la citerne avec des cordes. Ebed Mèlek le Kouchite dit à Jérémie : « Mets ces vieilles loques et ces hardes sous tes aisselles par-dessous les cordes. » Jérémie fit ainsi. On tira Jérémie avec les cordes et on le tira de la citerne. Jérémie demeura dans la cour de garde[1].

1. La Bible, traduction française par Émile Osty, Seuil, 1973. (*N.d.T.*)

Le tableau de Koch représentait exactement le moment où l'on sortait le prophète de la citerne avec les cordes. J'avais beau agrandir la reproduction au maximum, régler les couleurs et faire tout un tas d'essais, je ne trouvais rien de caché ou dissimulé ou insinué dans le tableau, rien d'autre que ce qui sautait aux yeux au premier coup d'œil : l'expression haineuse de Jérémie.

À onze heures et demie, Ezéquiela vint me souhaiter une bonne nuit. Toute la maison était plongée dans le silence troublé seulement par le bruit de l'imprimante qui n'arrêtait pas de sortir les copies que je lui demandais avec les différents essais sur l'image. À deux heures du matin, j'avais un tel mal de tête d'avoir fixé si longtemps l'écran que je dus prendre un analgésique pour pouvoir continuer à travailler. À trois heures, j'abandonnai le design graphique et décidai qu'il était temps de passer à des études bibliques. Qui était Jérémie ? Pourquoi fut-il jeté dans une citerne ? Que pouvait bien posséder ce prophète juif pour susciter l'intérêt d'un gauleiter nazi et antisémite ?

Jérémie était né en 650 avant Jésus-Christ, et mort à une date indéterminée après la conquête de Jérusalem par Babylone vers 586. Dès le début, il avait rompu avec l'image traditionnelle de l'oracle prophétique, lui préférant la prédiction de malheurs aux forts accents défaitistes. Il avait bénéficié, au début de sa carrière, de la protection du roi Josias de Juda, mais après la mort de ce monarque en 609, il était tombé en disgrâce puis avait été considéré comme un traître pour avoir annoncé la victoire de Babylone sur Juda et Jérusalem. On lui interdit alors de s'exprimer en public. Évidemment, comme il enfreignit l'interdit à plusieurs reprises, il fut donc souvent arrêté puis finalement jeté dans une citerne pleine de boue.

Je trouvai de nombreux renseignements sur Jérémie dans les encyclopédies qui se trouvaient chez moi, mais la plupart étaient trop théologiques ou scolastiques et très peu compréhensibles pour une néophyte comme moi. Rien de ce que je lus n'éveilla mon attention, et je dois avouer que plusieurs fois je faillis m'endormir sur un page. J'allais renoncer et me coucher quand soudain me revint en mémoire un vieux livre comme ceux qui apparaissent toujours quand on en cherche un autre, que l'on ne se souvient pas d'avoir acheté, et que l'on n'ouvre jamais fût-ce par curiosité. Ce n'est pas qu'il eût grand-chose à voir avec ce que je recherchais, mais il parlait de la Bible, et pourrait peut-être m'éclairer. Le livre s'intitulait *Les Messages de l'Ancien Testament*. Il avait été écrit par un écrivain méconnu qui s'obstinait à montrer que les allégories, paraboles et proverbes de l'Ancien Testament prédisaient en réalité la fin du monde et l'avènement d'une nouvelle civilisation. En feuilletant distraitement le sommaire, mes yeux fatigués tombèrent enfin sur une ligne qui me réveilla complètement ! Le chapitre quatre portait le titre « *Atbash*, le code secret de Jérémie. » Je tournai rapidement les pages pour arriver au début de ce chapitre, et commençai à lire avec une véritable jouissance. Le code secret le plus ancien de toute l'histoire de l'humanité, disait le livre, était ce code « Atbash » utilisé pour la première fois par le prophète Jérémie pour masquer la signification de ses textes. Jérémie, effrayé par les représailles que les puissants membres de la cour, et le roi lui-même, pouvaient prendre contre lui pour avoir prophétisé la défaite devant Babylone, crypta le nom de ce royaume ennemi dans ses écrits. Il utilisa pour cela une simple substitution fondée sur l'alphabet hébreu : la première lettre, *aleph*, était remplacée par la dernière, *tav* ; la deuxième, *beth*, par l'avant-dernière, *shin*, et ainsi de suite. Le nom de ce premier code, qui avait plus de deux mille cinq cents ans, venait donc de son propre système de fonctionnement, *aleph* à *tav*, *beth* à *shin*, ce qui donnait « Atbash ». Ainsi, Jérémie, dans le verset 41 du chapitre 51 de son livre, avait écrit « Sheshach » au lieu de Babylone.

Comme de bien entendu, j'attaquai la Bible à la recherche de ces deux versets pour voir si ce que disait le petit livre était vrai. Il avait raison, en effet, la preuve était sous mes yeux. En dépit de l'heure tardive, et de ma fatigue, je me sentais soudain aussi active et pleine d'énergie qu'au beau milieu de la journée. Je confectionnai immédiatement un alphabet hébreu qui pouvait se plier par le milieu afin de rendre plus aisée la substitution d'une lettre par une autre. Je pris le message de la tablette sur le tableau de Koch, lui appliquai le code « Atbash » pour le décrypter, et recopiai le texte final avec un message explicatif que j'envoyai à Roi par courrier électronique. Je détruisis alors tout le matériel que j'avais imprimé, comme le voulaient les règles de sécurité du Club d'échecs, et allai enfin me coucher.

Je crois que les deux heures que je dormis cette nuit-là furent les deux meilleures heures de sommeil que j'avais eues depuis longtemps. J'ignorais si l'on pouvait traduire le message que j'avais expédié à Roi pour qu'il le fasse parvenir à son ami Uri Zev, mais même si cela se révélait impossible, j'avais travaillé si dur et avec tant de passion que je me sentais profondément satisfaite de moi.

Les informations recueillies par Läufer au cours de ces jours se révélèrent encore plus surprenantes que ce à quoi nous pouvions nous attendre. D'endroits aussi divers que l'Ukraine, l'Angleterre, Berlin et Israël, d'institutions aussi différentes que l'université de Toronto, le journal *El Universal* de Mexico, le musée Pouchkine de Moscou, le *Polemiko Mousio* d'Athènes, l'Institut franco-chilien de la culture, toute une documentation parvenait à nos ordinateurs, ainsi que des fichiers de la police d'Israël, du FBI ou de l'ancienne Stasi et de l'ancien KGB. Elle traçait une image réelle et effrayante de ceux qui jusqu'alors n'avaient pas été autre chose que des personnages chimériques dans une histoire pleine de nœuds.

Fritz Sauckel était l'un des membres les plus brutaux de la vieille garde nazie. Député du Reichstag et général des terrifiantes SA, il occupa pendant la guerre le poste de gouverneur général (gauleiter) de la Thuringe. Ministre plénipotentiaire du Reich chargé de la main-d'œuvre, il recruta cinq millions de travailleurs forcés, des *Ostarbei-*

ter, dans les territoires occupés, la plupart desquels travaillèrent sans repos jusqu'à la mort. Selon Jacques Bernard Herzog, un des procureurs généraux du tribunal militaire international de Nuremberg, « cet ancien marin marchand, père de dix enfants, dont l'ascension politique fut favorisée par la révolution hitlérienne, donna l'ordre d'alimenter les travailleurs en fonction de leur rendement. Avec sa mentalité primitive, il trouvait justification à tout reproche : il ne faisait qu'exécuter les ordres du Führer. Il prétendait n'avoir rien su des atrocités commises dans les camps de concentration. Je lui montrai alors une photographie qui le représentait en train de visiter, en compagnie de Himmler, le camp de Buchenwald, à Weimar, dont il était responsable en tant que gauleiter du territoire. Il m'affirma stupidement que sa visite s'était limitée aux édifices extérieurs du camp dans lequel il n'était jamais entré ».

Cette mentalité primitive à laquelle Herzog faisait allusion dans son discours de 1949 devant des membres de l'université de Chili répondait néanmoins à une intelligence très au-dessus de la normale, comme le prouva le psychiatre américain Gustave M. Gilbert durant le procès. Cependant, malgré son intelligence de surdoué, ce fut bien Sauckel, alors gauleiter de la Thuringe, qui ordonna, sans remords, que les cercueils des grands écrivains Goethe et Schiller soient sortis du mausolée royal de Weimar et transférés dans la ville voisine d'Iéna pour être détruits au cas où les Américains entreraient en Thuringe. Heureusement, cette destruction ne fut pas menée à terme.

Le premier juillet 1946, lord Justice Lawrence, président du tribunal international de Nuremberg, faisait connaître la sentence contre Fritz Sauckel : il fut condamné à la mort par pendaison pour crimes de guerre et crimes contre l'humanité. Le terrible gouverneur de Thuringe fut exécuté trois mois après, le matin du 16 octobre.

Son ami Erich Koch connut un destin différent. Ils étaient liés, semble-t-il, par de vieux liens de camaraderie depuis qu'ils s'étaient connus à Weimar en 1937. Koch, alors général de division SS, était arrivé en ville avec un premier groupe de trois cents prisonniers pour commencer la construction des baraques et des cellules du KZ (*Konzentrationenslager*) Buchenwald.

Koch était né en Prusse-Orientale le 19 juin 1896. Il fut nommé gauleiter de cette région en 1938. Trois ans plus tard, après l'invasion allemande des territoires soviétiques, il fut en outre nommé *Reichskommisar* d'Ukraine. Selon l'hebdomadaire *The Ukrainian Weekly* du 10 novembre 1996, Koch fut directement responsable de la mort de quatre millions de personnes, incluant la quasi-totalité de la population juive ukrainienne. Sous son gouvernement, en collaboration avec Sauckel, deux autres millions et demi d'individus furent déportés en Allemagne comme travailleurs forcés. Après la retraite nazie d'Ukraine, Koch demeura dans ses fonctions jusqu'à la défaite allemande de 1945, époque où l'on perd sa piste. Il fut découvert quatre ans plus tard alors qu'il vivait incognito dans la zone d'occupation britannique. Il fut déporté en Pologne pour y être jugé et pourtant, alors que tous les autres procès soviétiques contre les criminels de guerre étaient menés avec rapidité et se concluaient en général par des sentences sans clémence qui étaient exécutées dans les heures qui suivaient, on mit dix ans à juger Koch, et sa sentence de mort ne fut jamais appliquée. Le gouvernement polonais allégua de la mauvaise santé de l'assassin pour reporter sa peine, et le maintint en réclusion pendant les vingt-sept dernières années de sa vie dans une cellule de la prison de Barczewo, dotée d'un grand confort, où il mourut paisiblement le 12 novembre 1986 à l'âge de quatre-vingt-dix ans. Pas une seule fois, pendant tout ce temps, les autorités russes ne sollicitèrent l'extradition de Koch pour le juger pour les crimes atroces qu'il avait commis comme *Reichskommisar*, pas plus qu'ils ne firent pression sur les Polonais pour qu'ils exécutent la sentence de mort.

Je détournai les yeux de l'écran, et tandis que l'imprimante commençait à cracher des feuilles, je me demandai comment on pouvait être capable de tuer quatre millions de personnes. Le chiffre me donna le tournis. Il était déjà impensable pour moi d'en finir avec la vie d'un seul individu, comment en arrivait-on à en supprimer quatre millions ? Quatre millions de morts ! Sans compter les *Ostarbeiter*, les travailleurs forcés, morts aussi de maladie, d'accident, d'inanition. Qu'est-ce qui pouvait bien passer à travers l'esprit d'un homme pour être capable de faire quelque chose de semblable sans y accorder la moindre importance ? J'étais atterrée, impressionnée. J'allumai une cigarette, exhalai la fumée lentement, et repris la lecture.

Le dernier hallebardier du trio était le jeune Helmut Hubner. Né à Pulheim, Cologne, en 1919, il avait étudié l'économie, les langues anciennes et l'histoire à l'université de Bonn, et avait milité activement dans les jeunesses du Reich puis les jeunesses hitlériennes dès leur fondation. Le conflit à peine commencé, il s'engagea dans la Luftwaffe avec le grade de lieutenant, et se convertit bientôt en un pilote de guerre renommé. En 1943, il était l'officier de son escadron qui comptabilisait le plus grand nombre de défaites ennemies, et bien que son appareil eût été atteint à quatre reprises, il parvint à sauver sa vie en sautant en parachute. Ses prouesses lui valurent de nombreuses récompenses et décorations y compris la croix de fer. Selon la base de données du musée de la Guerre d'Athènes, Hubner se fit remarquer par son extraordinaire dextérité dans le maniement des Heinkel 211, des Dornier 17 et des Messerschmitt BF 109. Il développa une brillante manœuvre d'attaque qui fut citée plus tard dans les manuels de la Luftwaffe. Il choisissait sa proie parmi les chasseurs ennemis, se laissait rapidement tomber en pique à cinq cents mètres en dessous de sa queue. Alors il engageait une légère remontée tandis qu'il perdait de la vitesse, ce qui lui permettait de viser avec précision, de derrière, l'appareil ennemi ; arrivé à une centaine de mètres de distance, il ouvrait le feu avec un canon de 30 millimètres, et abattait sa cible. Il remontait alors à toute allure, le nez à vingt degrés par-dessus l'horizon, et de ce lieu sûr choisissait sa prochaine victime.

Au début de 1944, Hubner s'engagea dans la VIe flotte aérienne allemande qui avait pour base Königsberg et était intégrée dans le « Groupe des armées Reinhardt » chargé de la défense de la Prusse-Orientale. Le plan de la Stavka soviétique prévoyait deux attaques en tenaille lancées au sud et au nord des lacs contre les flancs des armées. Alors qu'ils avançaient en direction de Marienbourg et de Königsberg, les Soviétiques essayèrent d'isoler les troupes allemandes détachées là et, après les avoir désunies et étranglées, d'occuper tout le territoire de la Prusse-Orientale. Hubner, aux commandes d'une unité de Stukas Canone — les fameux bombardiers Junkers 87 G —, lutta courageusement contre les colonnes blindées soviétiques, mais il ne put empêcher les terribles bombardements alliés qui détruisirent la moitié de la ville de Königsberg le 31 août 1944, pas plus que la capitulation finale de la ville le 9 avril 1945. Le futur industriel fut libéré après un inoffensif procès qui s'était tenu à Münster six mois après la fin de la guerre. Il retourna alors, semble-t-il, chez ses parents à Pulheim où il vécut discrètement jusqu'à ce que, en 1965, il réapparaisse, converti en un prospère entrepreneur de boulangerie.

Vladimir Melentiev, le collectionneur qui nous avait demandé le tableau de Krilov, se révéla être le dernier joyau de la couronne. Il faut reconnaître que Läufer se surpassa dans ses recherches. Il utilisa comme intermédiaires les ordinateurs centraux de deux importantes entreprises américaines d'informatique connues pour entrer dans une douzaine d'ordinateurs et réaliser une invasion coordonnée des fichiers classifiés de la Stasi, du KGB et du FBI. Il nous apprit que le véritable nom de Vladimir Melentiev était Sergueï Ratchkov, et qu'il était né dans la petite localité russe de Privolnoie près de Stavropol en 1931. Entré dans l'armée à dix-sept ans, il servit comme policier militaire dans des prisons, camps de travail forcé et hôpitaux psychiatriques. À vingt-cinq ans, il alla grossir les rangs des agents spéciaux du récent Comité de Sécurité de l'État, le *Komitet Gossoudarstvennoï Bezopasnosti*, organe plus connu sous le nom de KGB. Il fut chargé de vérifier la loyauté politique au régime communiste des forces armées russes. En 1959, il fut brusquement écarté de ces missions routinières pour être affecté à une opération de plus haut niveau nommée « Pierre-le-Grand ». Bien que cette opération dépendît de manière officielle du MVD, le ministère des Affaires extérieures, elle était directement contrôlée par le plus haut organe de gouvernement russe, le Politburo, et dirigée par le nouveau président du conseil de l'URSS, le tout-puissant Nikita Sergueïevitch Khrouchtchev en personne.

Malgré tous ses efforts, Läufer ne put réussir à déterminer en quoi consistait cette opération mystérieuse. Il n'existait tout simplement aucun document sur cette affaire. Toute référence se réduisait à ce qu'il nous avait déjà transmis. Aucun fichier parmi tous ceux auxquels il avait eu accès lors de ses recherches virtuelles ne contenait une seule information utile pour comprendre la portée et le contenu de ce qui semblait être une des affaires les plus importantes et secrètes de la défunte URSS. Ni la disparition de Khrouchtchev, ni les arrivées de Brejnev, d'Andropov, de Tchernenko, puis finalement celle de Gorbatchev en 1985, n'altérèrent en quoi que ce soit la mise en route de l'« opération Pierre-le-Grand » en marge de laquelle Melentiev fut envoyé, sous le nom de Stanislaw Zakopane, comme simple gardien de prison à Barczewo en Pologne où Erich Koch venait juste d'être enfermé.

Décidément, nous n'étions pas au bout de nos surprises ! La lecture des documents que nous envoyait Läufer contenait un nombre inouï de rebondissements. Heureusement, il avait eu la délicatesse de les passer d'abord par le logiciel de traduction automatique. Il restait cependant encore quelques faits intéressants dans le dossier personnel de Melentiev jalousement gardé dans les vieux ordinateurs du KGB. La suite surprenante d'une vie hasardeuse criminelle et aventureuse. Il suffit de dire que, selon les fiches de renseignements, Ratchkov était un agent d'une grande habileté, aux goûts raffinés, qui dominait à la perfection plusieurs idiomes et se montrait profondément impitoyable envers ses semblables.

À la suite de la *perestroïka* et de la *glasnost*, on vit Ratchkov se convertir du jour au lendemain en un agent corrompu du KGB, organisme lui-même chaque jour davantage désarticulé. Il abandonna la Pologne après la mort de Koch en 1986, rentra à Moscou pour y trouver une situation économique et sociale désolante. Comme tant d'autres agents, il s'infiltra rapidement dans la puissante mafia russe qui acquit tant de pouvoir en si peu d'années. Selon le FBI, Ratchkov se plaça au sommet d'un des groupes les plus puissants en moins d'une décennie, vendant des sous-marins, des hélicoptères de combat et des missiles aux cartels russes et sud-américains de la drogue. Il obtint bientôt le contrôle de diverses banques dans les paradis fiscaux des Caraïbes, grâce auxquelles il blanchissait l'argent de ses activités criminelles. Ces activités lui permirent d'acquérir plusieurs night-clubs et casinos cotés du sud de la Floride, ainsi que plusieurs chaînes d'hôtels dans le monde entier. À soixante-sept ans, après avoir endossé la personnalité de collectionneur d'art et l'apparence d'un homme d'affaires honorable, mécène reconnu, Vladimir Melentiev finissait paisiblement ses jours dans un château de Tbilissi, en Géorgie, laissant la gestion de ses affaires à d'importants courtiers internationaux, et la direction entre les mains de son fils Nicolas Sergueïevitch Ratchkov.

Je lus plusieurs fois le volumineux dossier que formaient toutes ces informations imprimées en notant les connexions entre les différentes histoires et ce qui ne collait pas, par manque de données, sans doute. Au bout du compte, les faits s'emboîtaient parfaitement comme les pièces d'un terrible puzzle.

Koch et Sauckel, la guerre, Helmut Hubner, les *Moujiks* de Krilov, un agent du KGB, l'« opération Pierre-le-Grand »… Que diable signifiait tout cela ? Quel type de cocktail explosif formaient tous ces ingrédients ? Pour couronner le tout, la nuit antérieure à la réunion du Club, la traduction faite par Uri Zev du texte de Jérémie que j'avais envoyé à Roi après lui avoir appliqué le code Atbash arriva enfin. Des trois mots allemands : *Bernsteinzimmer*, *Gauforum* et *Weimar* que Uri Zev découvrit dans le message de Koch en passant de l'hébreu au latin, seul le dernier avait un sens pour moi… J'ignorais alors que le sens des deux autres changerait ma vie.

Cependant cette nuit-là, tandis que je relisais les documents, il me parut clair que quelque chose de très important, de très grave et de très dangereux se cachait derrière cette trame de fils multicolores. Pour quelle autre raison Melentiev aurait-il engagé le Club précisément si ce n'était pour récupérer les *Moujiks* ? En octobre 1941, le tableau de Krilov avait été volé au musée de Leningrad par les commandos allemands pour échouer à Königsberg où régnait Erich Koch. Le 31 août 1944, quelques mois avant la fin de la guerre, dans une Allemagne presque défaite, les bombardements alliés détruisaient la quasi-totalité de la ville. On peut supposer que Koch se décida donc à mettre en lieu sûr ses trésors. Au début de l'année 1945, alors que l'armée Rouge encerclait Königsberg, Koch avait envoyé le tableau et le reste de ses innombrables richesses à son ami Fritz Sauckel, alors gauleiter en Thuringe. Par la suite, lors du procès de Nuremberg, ce dernier déclara que ces œuvres d'art avaient quitté Weimar en avril de cette même année à destination de la Suisse. Pourtant, vingt ans plus tard, en 1965, les *Moujiks* réapparaissaient dans le catalogue de la modeste collection privée de Helmut Hubner, ancien aviateur de la Luftwaffe établi à Königsberg en 1944. Le tableau demeure dans cette collection jusqu'à ce que quelqu'un, c'est-à-dire moi, le vole, en 1998, pour le remettre à un ancien agent du KGB qui, déguisé en gardien de prison, avait travaillé vingt-sept ans plus tôt dans la prison de Barczewo où Erich Koch purgeait sa peine…

À un moment donné au cours de ce long périple, Koch lui-même, ou une autre personne, colla la toile représentant Jérémie dans la partie postérieure des *Moujiks.* Cela n'avait pu se faire qu'après 1949, date de réalisation du tableau, à une époque où Koch, l'ancien gauleiter de la Prusse-Orientale, vivait caché dans une partie de la zone allemande d'occupation britannique, tandis que Sauckel était mort et que Hubner se trouvait dans sa maison de Pulheim. Seule certitude : les *Moujiks* de Krilov n'avaient jamais voyagé en Suisse comme l'avait prétendu Sauckel. Le tableau n'était probablement jamais sorti de Weimar, la ville dont le nom apparaissait mentionné dans le message crypté laissé par Koch.

La tête me tournait, et je sentis une désagréable sensation de vertige tandis que j'avançais dans le couloir vers la cuisine. J'avais besoin de prendre quelque chose pour me réveiller et changer de cadre. L'air du bureau était vicié, chargé de fumée, et je sentais mes nerfs à vif. J'allumai la lumière de la cuisine, un néon froid, et clignai les yeux, aveuglée, en m'appuyant sur le montant de la porte.

Il n'y avait aucun doute sur ce que cherchait Melentiev : le faux entoilage, le *Jérémie* de Koch, et c'était certainement le message contenu dans la tablette qui l'intéressait. Il connaissait l'existence de cette toile qui avait peut-être un lien avec la mystérieuse « opération Pierre-le-Grand », à moins qu'elle ne constitue elle-même l'opération. Son objectif paraissait très clair, il s'agissait de récupérer les œuvres d'art volées par Koch, les trésors disparus à Weimar au début de l'année 1945. Il était probable que les différents dictateurs soviétiques s'étaient tous montrés très attentifs à la possibilité de récupérer ce que les nazis avaient volé, au point de placer un espion auprès de Koch pendant toutes ces années. Cela expliquait sans doute pourquoi l'on n'avait jamais appliqué la sentence de mort dans l'espoir final d'une confession qui, comme le montraient les récents développements de l'histoire, ne s'était jamais produite. Mais pourquoi n'avait-on pas obligé Koch à parler, à révéler la cachette de ses trésors par des tortures ou un autre moyen tout aussi expéditif ? La délicatesse et les bonnes manières n'étaient pas vraiment les méthodes les plus couramment employées par les Soviétiques pour obtenir ce qu'ils voulaient. Pourquoi s'étaient-ils montrés si prudents et délicats avec Koch ?

Mes jambes me parurent avancer toutes seules sans intervention de ma volonté vers le centre de la cuisine, rompant l'immobilité fatigante à laquelle je me trouvais soumise depuis un bon moment. Je me réveillai légèrement de ma songerie, mais n'abandonnai pas mes réflexions tandis que j'ouvrais la porte de l'un des placards pour prendre un verre propre dans lequel je versai sans faire attention un liquide qu'à la première gorgée je reconnus comme du lait froid.

Et quel rôle jouait Helmut Hubner dans toute cette histoire ? Il avait dû faire la connaissance de Koch à Königsberg en 1944, et ils durent devenir assez proches pour que Koch lui remette les *Moujiks* avec le *Jérémie* déjà collé dans la partie postérieure. Ce qui indiquait que Koch et Hubner avaient maintenu des contacts ultérieurs à 1949. Peut-être Hubner lui avait-il rendu visite en prison et là-bas… Non ! Ce n'était pas possible. Les Russes avaient envoyé Melentiev à Barczewo dès l'arrivée de Koch. Si ce dernier avait remis quelque chose à Hubner, l'agent du KGB l'aurait immédiatement su. En outre, comme dans toutes les prisons du monde, les visites sont enregistrées à l'entrée comme à la sortie, et encore plus à Barczewo dont Koch devait être la star. On ne pouvait pas non plus soupçonner Koch d'avoir remis à Hubner le tableau au cours de sa détention, c'est-à-dire de 1949 à 1959, parce qu'il devait être soumis à une vigilance accrue. Koch n'avait donc pu remettre le cadre à Hubner que dans un court espace de temps compris entre la réalisation du tableau et sa détention cette année-là. Cette certitude permettait de rapprocher deux faits qui apparemment ne semblaient pas liés : la ville de Pulheim, se trouvait-elle dans la zone britannique ? Koch avait-il passé ces quatre années de liberté, entre 45 et 49, dans la maison de Hubner ? Je devais le vérifier immédiatement.

Je me précipitai dans mon bureau et examinai l'atlas historique que j'avais déjà consulté. En effet, Pulheim se trouvait près de Cologne. La ville était restée dans la zone d'occupation britannique après la guerre. Mon hypothèse était donc plausible, mais il me fallait des preuves.

Une autre déduction importante pouvait être faite maintenant : Hubner ignorait tout du *Jérémie* caché sous le tableau de Krilov. S'il avait connu son existence, il aurait pu s'emparer des trésors de guerre de Koch après la mort de ce dernier, en 1986. Le fait que Melentiev nous ait contactés pour voler les *Moujiks* prouvait que le secret du tableau n'avait jamais été percé. Hubner n'avait aucune idée de ce qui avait été caché dans sa collection privée pendant trente-trois ans.

J'éteignis l'ordinateur et la lampe puis quittai la pièce en bâillant bruyamment dans le couloir. Je me dirigeai vers ma chambre. Une dernière chose me taraudait l'esprit tandis que je défaisais les draps et m'apprêtais à me coucher : que signifiaient les mots *Bernsteinzimmer* et *Gauforum* ?

Par chance, le lendemain était un dimanche et le Club d'échecs avait décidé une réunion à neuf heures et demie du matin.

— Quelqu'un veut-il ajouter quelque chose à ce que vient de nous apprendre Peón ? demanda Roi.

Je venais juste d'exposer mes réflexions de la nuit antérieure concernant les documents collationnés par Läufer sur Internet. Je me sentais très fière de moi et j'attendais un déluge de compliments de la part de mes compagnons. C'était bien le moins face à toutes ces brillantes déductions, non ?

— Je crois que nous devrions remettre le tableau à Melentiev et oublier toute l'affaire, déclara Rook.

Et voilà ! En une phrase, Rook m'avait remise à ma place.

— Je ne crois pas, écrivit Cavalo. Au contraire, nous devons continuer l'enquête, dit-il en me soulageant d'un grand poids. Tout oublier au niveau où nous en sommes serait une folie. Après ce que Peón nous a raconté, on ne peut plus revenir en arrière et faire comme si de rien n'était. Et puis, si personne n'a encore retrouvé ces trésors, nous avons autant le droit de nous en emparer que Melentiev.

— C'EST CERTAIN, NOUS AVONS TOUS LES DROITS DU MONDE DE MOURIR ENTRE LES MAINS DE LA MAFIA RUSSE !

— Melentiev ignore qui nous sommes, lui rappelai-je, il ne connaît même pas l'identité de Roi. Et il n'a aucun moyen de la connaître.

— Assez de sottises, s'il vous plaît, coupa brusquement Donna. Cette discussion est sans objet. Nous sommes le Club d'échecs, non ? Alors, Läufer, s'il te plaît, pourrais-tu nous expliquer enfin le sens des paroles de Jérémie pour que nous puissions continuer ?

— BON, ALORS ÉCOUTEZ BIEN PARCE QUE SI LES DOCUMENTS QUE JE VOUS AI ENVOYÉS VOUS ONT PARU INTÉRESSANTS, CE QUE JE VAIS VOUS RACONTER MAINTENANT VA VOUS COUPER LE SOUFFLE !

— Trêve de détours, Läufer, le poussai-je, mue par un vrai besoin de connaître enfin le secret de Koch.

À cet instant, quelques petits coups discrets vinrent détourner mon attention. Je levai les yeux de l'écran et vis le visage d'Ezéquiela apparaître par la porte entrouverte de mon bureau.

— Je vais à la messe. Tu veux que je t'apporte quelque chose ?

— Le journal, s'il te plaît, lui dis-je d'un ton impatient en me retournant vers l'écran, avec le supplément du dimanche !

— Très bien. À tout à l'heure.

— À tout à l'heure.

— PÉON AVAIT RAISON SUR TOUS LES POINTS, disait Läufer, très fier de lui, SAUF UN. CE NE SONT PAS LES TRÉSORS VOLÉS PAR KOCH QUE LES RUSSES VOULAIENT RÉCUPÉRER AVEC L'« OPÉRATION PIERRE-LE-GRAND » ET CE N'EST PAS NON PLUS CE QUE CHERCHE MELENTIEV EN ESSAYANT DE REPRENDRE LE *JÉRÉMIE*. JE DIRAIS MÊME PLUS ENCORE : CE NE SONT PAS LES TRÉSORS QUI COMPTAIENT LE PLUS POUR KOCH.

— Ah ! non ? protestai-je, alors peux-tu nous dire ce que c'était ?

— TU N'IMAGINES PAS, MON ADMIRABLE PÉON ! QUELQUE CHOSE QUI VAUT BEAUCOUP PLUS QUE N'IMPORTE QUEL TRÉSOR ! L'OBJET LE PLUS CONVOITÉ DE CE SIÈCLE, UN DES SYMBOLES DE L'IDENTITÉ ET DE L'ORGUEIL NATIONAL DU PEUPLE RUSSE.

— Je suis impressionnée.

— Allez, lâche le morceau, Läufer, s'impatienta Donna à son tour.

— J'AI REÇU COMME VOUS TOUS DE ROI LE MESSAGE TRADUIT PAR URI ZEV... ET JE PEUX VOUS JURER QU'EN LE LISANT, LE SANG S'EST GLACÉ DANS MES VEINES. *BERNSTEINZIMMER*, MES CHERS COMPAGNONS, NOUS SOMMES EN TRAIN DE PARLER DU *BERNSTEINZIMMER* !

— Roi, je t'en prie, fais quelque chose, le supplia Donna.

— Très bien. Läufer, intervint Roi pour éviter un conflit, je vais poursuivre. Ce mot signifie en allemand « salon d'ambre ». Ce salon constitue toute une légende dans l'histoire de l'art. Il fut construit par un artiste danois, Gottfried Wolframm, au début du dix-huitième siècle, sous le règne du premier roi de Prusse, Frédéric Ier. Il servait de fumoir dans le palais de Charlottenburg à Berlin. Pour que vous vous fassiez une idée plus précise, j'ai ressorti mes anciennes notes sur le sujet. Le salon d'ambre était constitué d'un revêtement de cinquante-cinq mètres carrés de panneaux d'ambre semi-transparent de la Baltique dans des tons qui allaient du jaune à l'orange. Il faut y ajouter l'ensemble de meubles, mosaïques et accessoires taillés dans le même matériau précieux. Comme vous le voyez, la définition de huitième merveille du monde qui l'accompagne depuis sa création est assez juste.

Un sifflement admiratif se fit entendre dans mes haut-parleurs. Läufer continuait à s'amuser avec ses effets spéciaux.

— Une œuvre pareille, cela n'a pas de prix.... commenta Cavalo.

— Non, en effet, poursuivit Roi. En 1716, le tsar Pierre Ier rendit visite au nouveau roi Frédéric-Guillaume Ier dans son palais berlinois, et fut émerveillé par le salon d'ambre. Le roi de Prusse, qui était alors en guerre contre la Suède pour le grand territoire de la Poméranie, *offrit* le salon au tsar en échange d'une armée de grenadiers.

— On dirait que l'« opération Pierre-le-Grand » s'éclaire d'un jour nouveau. Au moins le nom d'un des protagonistes coïncide.

— C'est indubitable, répondit notre informateur. Le salon fut installé temporairement dans le palais d'Hiver de Saint-Pétersbourg, ville fondée, comme vous le savez, par le tsar en 1703 et convertie par lui en capitale de la Russie en 1715. Puis, peu de temps après, il fut transporté au palais de Catherine dans la ville actuelle de Pouchkine, connue alors sous le nom Tsarskoïe Selo, ou « ville des tsars ». Cette ville, située à une vingtaine de kilomètres de la capitale, avait elle aussi été fondée par Pierre le Grand au début du dix-huitième siècle puis offerte à son épouse Catherine qui y fit construire un petit palais, utilisé depuis comme palais d'Été par la famille impériale. Comme les panneaux d'ambre de la Baltique n'étaient pas assez grands pour recouvrir la surface totale du nouvel espace qui leur avait été destiné, l'artiste Carlo Rastrelli et son aide Martelli travaillèrent pendant cinq ans à remodeler et adapter le salon baroque à son nouveau foyer en l'enrichissant d'incroyables éléments ornementaux : un ciel baigné d'or, un plancher de bois tropicaux avec incrustations de nacre.

Un nouveau sifflement d'admiration se fit entendre.

— Il ne me reste plus qu'à ajouter qu'en octobre 1941, après la prise de Leningrad par l'armée allemande, le salon d'ambre fut démonté et, comme tant d'autres trésors de l'ancienne Saint-Pétersbourg, transféré dans une ville que nous connaissons tous bien maintenant pour en avoir beaucoup entendu parler ces derniers jours : Königsberg, capitale de la Prusse-Orientale.

— Königsberg ! répéta Donna.

— Le royaume de Koch, ajouta Cavalo.

— Selon mes sources, dit Roi, le salon d'ambre aurait été vu pour la dernière fois, à la fin du mois d'août 1944, dans le palais de Königsberg.

— Le 31 de ce mois-là, il y eut les bombardements alliés sur la ville, lui rappelai-je.

— DE SORTE QUE LE SALON D'AMBRE FUT VOLÉ ET CACHÉ PAR KOCH ET L'OPÉRATION PIERRE-LE-GRAND ÉTAIT DESTINÉE À LE RÉCUPÉRER. POUR LES RUSSES, CETTE ŒUVRE C'EST COMME LA TOUR EIFFEL, POUR LES FRANÇAIS OU LE COLISÉE POUR LES ITALIENS. RIEN N'EST PLUS IMPORTANT POUR EUX QUE DE LA VOIR REVENIR SUR LEUR TERRE.

— Au point, ajouta Roi, qu'ils sont en train de construire une réplique dans le palais de Tsarskoïe Selo. Un groupe de spécialistes, tous corps de métiers confondus, charpentiers, sculpteurs, travaillent en ce moment à la reconstruction du salon à partir de photographies noir et blanc des années 1936. Comme il est impossible d'obtenir la même couleur orangée d'origine, ils ont élaboré diverses méthodes pour teinter l'ambre, comme celle de le faire chauffer dans le miel, par exemple.

— Mais la Russie connaît une terrible banqueroute ! se scandalisa Rook. Ils ne peuvent pas se permettre de telles dépenses !

— D'après mes renseignements, tous ceux qui travaillent à ce projet ne touchent pas de salaire depuis deux ans, mais cela leur est égal. Il est plus important pour eux de retrouver le salon d'ambre même si ce n'est qu'une imitation.

— Il est évident que Melentiev n'est jamais parvenu à obtenir la confession tant désirée du prisonnier de Barczewo, déclara Donna.

— Non, répondis-je, mais il a découvert l'existence d'un tableau peint par Koch dans lequel pouvait se trouver la clé permettant de découvrir la cachette du salon ainsi que le trésor de guerre du gauleiter. Koch le lui a peut-être même révélé avant de mourir, et Melentiev aurait gardé le secret en attendant de pouvoir tout prendre.

— Mais il est déjà très riche…

— On n'a jamais assez, commenta Rook d'un ton méprisant.

— Il se peut qu'il ne désire qu'une chose : le salon, dit Cavalo. Imaginez que ce soit lui qui le retrouve et le restitue à son pays ; un tel exploit lui vaudrait une profonde reconnaissance nationale. Il pourrait facilement prétendre à la présidence du pays ou quelque chose de ce genre. Peut-être est-ce cela qui lui manque précisément : le pouvoir politique…

— Je suis de l'avis de Cavalo, dis-je, Melentiev n'est pas intéressé par les trésors de Koch. La seule chose qu'il veut, c'est le salon d'ambre. Il est russe et bien que corrompu et mafieux, récupérer ce chef-d'œuvre comblerait son orgueil et le couvrirait de gloire.

— Mais pourquoi a-t-il attendu jusqu'à maintenant pour nous contacter au sujet du Krilov ?

L'écran demeura momentanément vide.

— PARCE QUE NOUS SOMMES LES MEILLEURS, répondit avec humour Läufer. DÈS QU'IL A ENTENDU PARLER DE NOUS, IL A SU QUE LE MOMENT D'AGIR ÉTAIT VENU.

Quelques éclats de rire élaborés par lui-même saluèrent sa remarque, mais ils furent suivis d'un long et tonitruant braiment.

— QUEL EST LE MALIN QUI A FAIT ÇA ?

Pour toute réponse, une rose rouge monta sur l'écran accompagnée d'une carte qui disait : POUR LÄUFER.

— ALORS, COMME ÇA C'EST TOI, Donna ? s'exclama le génie de l'informatique, très offensé, en oubliant que c'était lui qui avait commencé cette bataille de fleurs. JE NE SAVAIS PAS QUE TU AVAIS LE SENS DE L'HUMOUR.

— Tu ignores tant de choses, répondit Donna avec mépris en accompagnant son affirmation d'une série de « Ja » qui occupait trois bonnes lignes.

À la place de Donna, jamais je n'aurais été assez folle pour m'aventurer sur ce territoire. J'étais certaine que Läufer machinait déjà la pire des revanches. Mais Donna était une véritable Italienne, une espèce d'Anna Magnani passionnelle et irréductible, incapable de se laisser marcher sur les pieds et d'oublier.

— Bon, ça suffit maintenant ! s'exclama Roi. Läufer, Donna, arrêtez !

— D'ACCORD ! DU CALME.

— Et le deuxième mot du message de Koch, *Gauforum*, tu peux nous dire ce qu'il signifie ? demandai-je à Läufer.

— LE *GAUFORUM*, commença à expliquer Läufer à contrecœur, EST LE VIEUX *LANDESMUSEUM*, LE MUSÉE DE WEIMAR PENDANT LA SECONDE GUERRE MONDIALE... ATTENTION... IL SERVIT DE RÉSIDENCE SECONDAIRE AU GAULEITER *UND REICHSSTADTHALTER* FRITZ SAUCKEL ! MAIS IL FUT PRATIQUEMENT DÉTRUIT PAR LES BOMBARDEMENTS ALLIÉS. EN 1954, IL FUT REMPLACÉ PAR LE MODERNE *STADTMUSEUM* ET ILS SONT ACTUELLEMENT SUR LE POINT D'ACHEVER LES TRAVAUX DE RESTAURATION QUI VONT LE CONVERTIR EN *NEUES MUSEUM*. L'INAUGURATION EST PRÉVUE POUR LE 1er JANVIER PROCHAIN, DATE À LAQUELLE WEIMAR DOIT DEVENIR CAPITALE EUROPÉENNE DE LA CULTURE. D'APRÈS CE QUE J'AI PU VOIR DU PROJET, ON N'A GARDÉ DU VIEIL ÉDIFICE QUE LA FAÇADE. L'INTÉRIEUR, QUI ÉTAIT UN AMAS DE DÉCOMBRES, A ÉTÉ COMPLÈTEMENT REFAIT.

— Tu veux dire que le *Gauforum* n'existe plus ? dis-je, surprise.

— NON, IL N'EXISTE PLUS.

Mes doigts demeurèrent paralysés sur le clavier. Soudain, je ne savais plus quoi dire. C'était désespérant, toutes ces heures d'activité fébrile réduites en cendres en moins d'une seconde ! Le message de Koch ne contenait que trois mots, le premier indiquait l'objet à chercher, le deuxième et le troisième le lieu où il se trouvait. Mais le vieux *Gauforum* de Sauckel n'existait plus, le salon d'ambre était peut-être perdu à jamais puisque l'édifice qui était censé le contenir avait été détruit. L'immobilité de l'écran révélait que mes compagnons étaient aussi déconcertés que moi.

— ALLONS, ALLONS, IL NE FAUT PAS PERDRE COURAGE, MES CHERS COMPAGNONS.

Läufer était-il stupide ?

— VOTRE AMI LE FOU A UNE PETITE SURPRISE DANS SON BONNET.

Oui, il était idiot, il n'y avait pas de doute.

— EN FAISANT DES RECHERCHES SUR LE PROJET DE RECONSTRUCTION DU *GAUFORUM*, J'EN SUIS ARRIVÉ À LA CONCLUSION QUE DEUX POSSIBILITÉS SEULEMENT POUVAIENT ÊTRE ENVISAGÉES. LA PREMIÈRE, C'ÉTAIT QUE LE SALON D'AMBRE AVAIT ÉTÉ TROUVÉ PUIS CACHÉ DE NOUVEAU AILLEURS, CE QUI PARAÎT HAUTEMENT IMPROBABLE PUISQUE LES TRAVAUX ONT COMMENCÉ IL Y A DIX ANS, ET DEPUIS CE TEMPS ON AURAIT SU QUELQUE CHOSE. LA SECONDE, C'EST QUE LE *BERNSTEINZIMMER* N'AVAIT JAMAIS ÉTÉ TROUVÉ... ET S'IL NE L'AVAIT JAMAIS ÉTÉ, CELA NE POUVAIT ÊTRE DÛ QU'À DEUX RAISONS : UN, IL NE SE TROUVAIT PAS DANS LE

GAUFORUM ; DEUX, IL ÉTAIT DANS LE MUSÉE MAIS PAS DANS L'ÉDIFICE. S'IL N'EST PAS DANS LE CIEL, ALLONS VOIR EN ENFER, ME SUIS-JE DIT EN ME METTANT À CHERCHER DANS LES ARCHIVES URBAINES DE LA PROVINCE, ET LÀ, EURÊKA !, J'AI ENFIN TROUVÉ LA RÉPONSE.

Finalement, il n'était peut-être pas aussi bête que je le pensais.

— J'AI TROUVÉ UN DOCUMENT DATANT DU DÉBUT DES ANNÉES SOIXANTE, SIGNÉ PAR L'INGÉNIEUR DU *RATHAUS*, LE CONSEIL... NON, LA MAIRIE, LE GOUVERNEMENT LOCAL, ENFIN PEU IMPORTE... CET HOMME AVAIT TRAVAILLÉ SUR LES CANALISATIONS SITUÉES SOUS L'ANCIEN *GAUFORUM*, POUR RÉSOUDRE UN PROBLÈME DE DISTRIBUTION D'EAU DANS LA VILLE. IL S'EST RETROUVÉ FACE À UN VÉRITABLE CASSE-TÊTE DE GALERIES, MURS DOUBLES, COULOIRS MURÉS, CANALISATIONS SANS DÉBUT NI FIN, PLANCHES DE PROTECTION MÉTALLIQUES, CREUX ABSURDES, FAUX PLAFONDS... IL LUI A FALLU PLUSIEURS JOURS POUR PARCOURIR CE DÉDALE ET IL EST CONVAINCU QU'IL N'A PAS PU TOUT VOIR. CET INGÉNIEUR RAPPELAIT AU PASSAGE QUE CES GALERIES AVAIENT ÉTÉ CONSTRUITES PENDANT LA SECONDE GUERRE MONDIALE... ATTENTION, ÉCOUTEZ BIEN... PAR LES PRISONNIERS DU CAMP DE CONCENTRATION VOISIN : BUCHENWALD !

— Bien, Läufer, très bien ! s'exclama Roi,

enthousiaste. C'est ce que j'appelle un travail magnifique !

— Sans aucun doute, affirmai-je à mon tour, ravie. Läufer, tu ne cesseras jamais d'être mon pirate informatique préféré.

— HÉ ! ROOK, QU'EN DIS-TU ?

— Tu es le meilleur, l'ami, le meilleur. D'ailleurs, j'aimerais bien avoir ton opinion sur la crise des marchés boursiers. Je suis inquiet, si d'autres tombent encore, certains d'entre nous vont se retrouver ruinés.

— Ce n'est pas le moment, Rook, le gronda Roi.

— Mais tu vas être un des plus touchés, Roi ! En ce moment, vous tous perdez de l'argent.

Heureusement Rook n'était pas mon agent de change. Mes petits investissements étaient gérés par ma banque, et n'étaient pas assez importants pour me causer de véritables soucis. De toute façon, même si j'avais perdu une importante quantité d'argent, cela n'équivaudrait jamais à ce que ma tante Juana me volait régulièrement.

— Bon, cela suffit, coupa Roi, pour interrompre Rook.

Ce dernier pouvait se révéler lui aussi un véritable cauchemar à sa manière. Mis ensemble, Läufer et Rook ressemblaient à une épidémie de peste bubonique !

— MAIS LAISSE-LE PARLER ENFIN ! LE PAUVRE ROOK M'A JUSTE DEMANDÉ MON OPINION, ET JE LA LUI DONNERAIS VOLONTIERS.

— Oui, mais pas ici, et en tout cas pas maintenant !

— En fait, reprit Rook, ce que je voulais juste dire, c'est que la situation rend encore plus intéressante pour nous cette affaire de Weimar. Si la crise continue, je t'assure, Roi, que tu vas te retrouver acculé et tu n'auras pas d'autre choix que de vendre ton merveilleux château.

— À ce point ! s'exclama Donna, préoccupée.

— Chère Donna, toi aussi, tu pourrais être conduite à céder ton école et ta magnifique entreprise si le Dow Jones de New York et le Mibtel de Milan continuent à baisser. Et si tu fermes, le « Club d'échecs » risque d'être dans le pétrin.

— ASSEZ ! CELA SUFFIT !

Roi n'avait pas pour coutume de crier mais quand cela arrivait, il était rare qu'on ne lui obéisse pas immédiatement. Cette fois ne fit pas exception. L'écran s'immobilisa. J'imaginai cinq personnes pétrifiées devant leur ordinateur par cette paisible matinée de dimanche.

— Cela suffit, répéta-t-il d'un ton plus modéré.

— ROOK A RAISON.

— Moi aussi, je suis d'accord avec lui, dit Donna apparemment très affectée par les menaces boursières.

— Je ne veux pas te décevoir, Roi, intervint délicatement Cavalo, mais je crois que nous sommes tous d'accord pour dire que s'emparer des trésors de Koch serait une bonne chose. Nous en savons bien plus sur eux que n'importe qui, et nous avons l'habitude de ce genre de travail.

Roi demeura silencieux pendant quelques instants puis me demanda mon opinion.

— Et toi, qu'en dis-tu, Peón ? Tout le poids de

cette mission va reposer sur tes épaules. Tu te sens capable d'affronter une descente dans les souterrains de Weimar ?

— À vrai dire, non.

— NON ? MAIS PÉON JE T'AI VUE À L'ŒUVRE, TU ES TOUT À FAIT CAPABLE DE LE FAIRE.

— Non, je persiste à dire que non.

— Explique-toi, me demanda Roi.

— Sans une carte détaillée de ces galeries, et je suis certaine qu'elle n'existe pas, je refuse de descendre toute seule à la recherche de trésors cachés il y a plus de quarante ans. Et si Koch avait placé des pièges, des charges d'explosifs ou tout autre cadeau de bienvenue ? Sans compter que si sa localisation était facile, cet ingénieur de Weimar aurait déjà trouvé la cachette après avoir parcouru le labyrinthe pendant plusieurs jours. Je pourrais me perdre, mourir de faim et de soif, être blessée ou disparaître pour toujours là-dedans… Ma réponse est donc non.

— ET SI TU ÉTAIS ACCOMPAGNÉE ? JE NE PARLE PAS POUR MOI, BIEN SÛR, TU SAIS DANS QUEL ÉTAT J'ÉTAIS AU CHÂTEAU DE KUNST. LÀ OÙ JE SUIS LE MEILLEUR, C'EST DEVANT UN ORDINATEUR… MAIS UN AUTRE OU UNE AUTRE POURRAIT VENIR AVEC TOI.

— Ne comptez pas sur moi, se dépêcha de signaler Donna, je suis trop vieille.

— Moi, comme vous l'avez sûrement compris, je ne peux pas me permettre de quitter la City en ce moment.

— Trois candidats éliminés, commentai-je, ironique, reste deux. Roi, Cavalo ?

— J'ai soixante-cinq ans, Peón, Dieu sait que j'aimerais t'accompagner, mais cela ne te causerait que des problèmes.

— Cavalo ?

— Tu peux compter sur moi.

Pourquoi commençai-je à sentir un sourire se dessiner sur mes lèvres ?

— CAVALO EST PARFAIT POUR ACCOMPAGNER PÉON !

— Tais-toi, couard ! lui dis-je en plaisantant.

— NON, VRAIMENT, IL EST PARFAIT ! IL PARLE ALLEMAND MIEUX QUE MOI !

— Oh ! mais je ne me défends pas si mal moi non plus, dis-je, vexée, alors que j'avais du mal à aligner plus de quatre mots. Et je te rappelle que ce n'est pas comme si nous devions avoir une conversation avec qui que ce soit.

— J'ai juste un petit détail à résoudre, dit Cavalo, ma fille est chez moi en ce moment… Elle s'est disputée avec sa mère, et elle doit rester jusqu'à Noël.

— Alors tu ne pourras pas m'escorter.

— Ne t'inquiète pas, je trouverai un moyen d'arranger cela.

— C'est réglé, alors, conclut Roi. Peón et Cavalo se chargent du travail.

J'eus l'impression que cette solution ne plaisait pas vraiment à Roi. L'idée de nous laisser seuls autant de temps, alors qu'il connaissait mes penchants pour mon compagnon, n'arrivait pas à le convaincre. Mais il n'avait pas le choix. Cavalo était le seul à s'être montré disposé à m'accompagner. Et moi, avec cet homme à mes côtés, je me sentais prête à descendre n'importe où, n'importe quand. Y avait-il quelque chose de plus romantique qu'une longue promenade dans la pénombre… à travers de sales et vieux égouts malodorants ?

— Bien, dit Roi en s'apprêtant à clore la session avec sa litanie habituelle, nous allons réaliser cette mission comme toutes les autres entreprises par le Club. Mesdames et messieurs, je donne ici le départ de l'« opération Pierre-le-Grand ». Je crois que cela vaut la peine de garder ce nom. Vous savez qu'à partir de maintenant toutes communications et rencontres personnelles sont interdites… Excepté pour Peón et Cavalo évidemment. Tout avis, changement ou notice devra passer par moi, et toujours avec le code du Club, le chiffre de chacun, et la clé secrète que je vous donnerai et que vous n'avez pas le droit de communiquer aux autres, comme vous le savez. Je vous rappelle qu'attraper notre Club est le rêve de tous les membres d'Interpol. Et n'oubliez pas, une sécurité maximale est notre plus grand avantage. Si l'un de nous tombe, nous tombons tous.

3

Cavalo et moi marchions par de longs tunnels quand soudain la sonnerie du téléphone retentit avec insistance. Ce doit être pour toi, lui dis-je sans me tourner pour le regarder. Il dut répondre parce qu'à la troisième ou quatrième sonnerie le bruit cessa. Nous continuâmes a avancer vers une porte semblable à celle du château de Kunst. Et la satanée sonnerie recommença à retentir. « Mais qui est-ce à la fin ? » lui demandai-je en poussant une porte qui ouvrait sur un pré baigné de la chaude lumière du soleil. « Réponds donc une bonne fois pour toutes, José », le suppliai-je, énervée. Quelque trois ou quatre sonneries plus tard, Cavalo répondit. Je me dirigeai vers un grand arbre dont le tronc était sec et fendillé. Une crevasse permettait de se glisser à l'intérieur et je distinguai quelques marches. Alors recommença à retentir le timbre désespérant du téléphone. « José, s'il te plaît ! » m'exclamai-je, fâchée, en me tournant vers lui. Et alors je vis que ce n'était pas José qui était derrière moi mais Ezéquiela. « Ezéquiela… ? Mais que fais-tu à Weimar ? »

J'ouvris les yeux en sursautant et tendis l'oreille. Je me trouvais dans ma chambre et le téléphone qui sonnait était celui du salon.

— Oh ! non, où diable est-elle passée ? murmurai-je en me mettant la tête sous l'oreiller.

Malgré mes précautions, la voix d'Ezéquiela, gaie comme une clochette, parvenait à mon cerveau endormi, me tirant de la commotion du rêve.

— Oui, oui, merci ! C'est si gentil de penser à moi, s'exclamait-elle, séductrice. À cinq heures, d'accord, ne sois pas en retard.

Je soupirai. C'était l'anniversaire d'Ezéquiela… « Bon, la diane a sonné », me dis-je en me levant avec difficulté, et en essayant d'éloigner de moi les toiles d'araignée du sommeil. Cette journée allait me paraître très longue. Le téléphone ne cesserait de retentir, la porte de s'ouvrir et de se fermer mille fois, toutes les amies d'Ezéquiela viendraient prendre le goûter chargées de cadeaux, et transformeraient ma maison en un salon de thé agité rempli de vieilles dames indignes.

Je sautai du lit à terre et me dirigeai vers la commode. J'avais caché la veille dans l'un des tiroirs le cadeau pour ma vieille gouvernante. Comme je ne savais jamais très bien quoi lui acheter, chaque année je me mettais à trembler quand approchait le 14 octobre, et chaque fois je finissais par acquérir au dernier moment la chose la plus absurde que l'on puisse imaginer. Mais Ezéquiela, année après année, faisait semblant de croire que mes cadeaux étaient exactement ceux qu'elle désirait le plus, et faisait preuve d'une joie débordante.

J'espérais que l'ensemble que j'avais acheté pour sa salle de bains, assorti aux azulejos, lui plairait.

— Joyeux anniversaire ! criai-je en sortant de ma chambre le paquet dans les mains.

— Merci, Ana ! Merci ! Tu n'as pas oublié ! Comme c'est gentil !

Je fronçai les sourcils en entendant la phrase habituelle mais mon air renfrogné disparut aussitôt alors qu'elle avançait vers moi les bras tendus, le visage empreint d'une félicité béate. Elle ne perdit pas de temps en minauderies. Elle me planta deux baisers rapides sur les joues et m'enleva le paquet des mains.

— Qu'est-ce que c'est ? me demanda-t-elle, émue, tandis qu'elle déchirait l'emballage.

— Pourquoi me poses-tu cette question alors que tu es sur le point de le découvrir ? lui dis-je en souriant. Attention, tu vas te couper. Ouvre-le lentement. Je vais me servir un café.

De la cuisine, je l'entendis pousser des exclamations admiratives et je ne pus réprimer le même doute qui m'envahissait tous les ans en ce jour. Ces manifestations d'enthousiasme si exagérées ne correspondaient pas tout à fait au distributeur de gel, porte-savon et verre à dents que je lui avais offerts. Mais enfin… Elle paraissait contente, c'était l'essentiel.

Elle entra dans la cuisine et se mit sur la pointe des pieds pour m'embrasser.

— C'est ravissant, ravissant ! Et assorti au carrelage de ma salle de bains ! Merci, Ana, tu ne sais pas…

Je fus sauvée par la sonnerie du téléphone. Ezéquiela partit comme une flèche vers le salon.

Elle y était encore quand je fermai la porte de la maison derrière moi et sortis dans la rue. J'avais sous le bras un porte-documents avec les derniers papiers envoyés par Läufer : une série de photos du *Gauforum* restauré de Weimar et de la gigantesque Beethovenplatz avec des marques indiquant les bouches d'égout qui permettaient d'accéder au sous-sol. Il y avait aussi des photos des rues adjacentes et un plan du centre de la ville ; une grande croix marquait l'emplacement du musée.

À midi, je déjeunai dans une auberge près de la boutique. Ezéquiela était trop occupée à arranger la maison et à préparer le goûter pour ses amies. Je disposais dans l'arrière-boutique d'un bureau et d'un petit canapé sur lequel, après avoir étudié de près les documents envoyés par Läufer, je m'endormis le temps d'une sieste réparatrice. J'avais rendez-vous cet après-midi-là avec l'agent d'un acheteur anglais intéressé par une console espagnole du dix-huitième siècle aux larges pieds qui se terminaient par des griffes de lion. J'avais acquis ce meuble pour un prix très bas, curieusement, lors d'une vente aux enchères à Madrid. Il faisait partie d'un lot que je revendis le jour même en gardant la très belle console. Je l'avais incluse dans mon catalogue du semestre suivant en lui consacrant un espace bien détaché. En moins de deux semaines, j'avais déjà plus de vingt offres d'acheteurs étrangers.

L'agent, un homme pâle et ventru d'une cinquantaine d'années à l'aspect souffreteux et l'haleine avinée, examina la console sous tous ses angles, puis, arborant une meilleure mine, signa rapidement la pile de documents que je plaçai devant lui. Il disparut d'un trait, sans doute pour fêter cela dans le bar le plus proche. Je fignolais les derniers détails de la transaction quand le téléphone sonna.

— Ana… ? C'est Juana, ta tante.

Mon Dieu ! j'avais complètement oublié de lui apporter l'argent, ces maudits huit millions pour le plafond lambrissé du *scriptorium* !

— Tu es là, Ana Maria ?

— Oui, ma tante, dis-je d'une petite voix.

— Tu devines pourquoi je t'appelle…

— Oui, ma tante, je devine.

— Et je suppose que tu as une bonne excuse.

— Oh ! oui, ma tante, j'en ai une.

— Tu n'es pas malade ?

— Non.

— Parfait, alors arrête de faire l'idiote ! me dit-elle en rage. Quand comptes-tu m'apporter le chèque ?

— Je ne sais pas parce que je dois de nouveau partir en voyage.

— Quand ?

— Après-demain.

— Nous serons vendredi.

— Exactement. Je pars en fin d'après-midi, j'ai déjà ma réservation. Mais ne t'inquiète pas, je reviens dimanche soir et lundi sans faute je t'apporte l'argent.

— J'en prends note, dit-elle d'un ton méfiant. Je t'attends lundi. Ne manque pas au rendez-vous.

— Mais non, puisque je te dis que je serai là ! me fâchai-je, lasse de cette insistance.

— Ah ! au fait…

Au secours !

— Si je ne me trompe pas, c'est bien aujourd'hui l'anniversaire d'Ezéquiela ?

Ouf !

— N'est-ce pas ? répéta-t-elle avec l'accent menaçant de la marâtre de Cendrillon.

— Oui.

— Alors, tu peux la féliciter de ma part.

Je protestai faiblement.

— Félicite-la.

— Oui, ma tante.

— Bon. Je t'attends lundi. Fais un bon voyage.

— Merci.

— À lundi.

— Oui, ma tante.

Évidemment, je m'abstins de passer le message. Je n'avais pas le courage d'écouter une fois encore la litanie des vitupérations d'Ezéquiela contre Juana.

L'avion décolla de Barajas à sept heures du soir mais quand j'atterris à l'aéroport de Porto, les haut-parleurs annoncèrent qu'il était sept heures cinq. Déconcertée, je regardai ma montre. Puis je me souvins qu'il y avait une heure de différence entre le Portugal et l'Espagne. Ainsi, officiellement, je n'avais mis que cinq minutes pour faire un trajet qui me prendrait deux heures et cinq minutes au retour !

Je descendis de l'avion et montai dans un autocar qui m'emmena jusqu'au terminal de l'aéroport. Là, tandis que j'attendais mes valises sur le tapis roulant, j'aperçus José et Amalia qui me faisaient de grands gestes derrière la vitre de séparation. José portait avec son élégance naturelle un large manteau bleu foncé et une écharpe autour du cou, un pantalon impeccablement repassé et des chaussures lustrées. Je sentis mon estomac se serrer. Une fois de plus, je me demandai comment j'allais résister à son charme ! Mais sa fille était là, elle servirait de chaperon !

José me serra dans ses bras et son parfum si masculin, âpre et rêche, éveilla furtivement mes sens. Amalia, qui portait une veste de daim, un jean et des baskets, se limita à approcher sa joue de la mienne en soufflant dans mon oreille. Quand je me séparai d'elle, pourtant, elle arborait un sourire angélique... Cette gamine devait être une dure à cuire. Elle ne devait pas du tout apprécier que je passe deux jours chez elle. Si elle croyait que je le faisais par plaisir, elle se trompait lourdement. J'aurais préféré occuper une de ces belles chambres du Grand Hôtel de Porto où j'avais déjà résidé en d'autres occasions, entre autres pour prendre un bain quand cela me chantait, mais Cavalo s'y était fermement opposé. Que cela plût ou non à sa fille, elle devrait supporter ma compagnie jusqu'au dimanche après-midi.

Porto me procurait chaque fois la sensation d'une petite ville au bord du chaos absolu. Seul

Paris me donnait cette même impression de foule envahissante à cette différence près qu'à Paris les avenues sont larges et les feux de signalisation plutôt respectés, tandis qu'à Porto les vieilles ruelles qui montent et descendent comme une vague interminable sont bondées à toute heure du jour et de la nuit avec des embouteillages monstres. Malgré tout, Porto avait quelque chose de familier et d'agréable ; j'avais un peu l'impression de me retrouver chez moi.

José laissa la voiture dans un parking souterrain de la rue Alegria et porta mon petit sac de voyage jusqu'à la rue Passos Manuel qui était au coin. Je distinguai tout de suite l'enseigne de sa joaillerie. J'étais très heureuse de connaître sa maison natale, le lieu où comme moi dans la mienne il avait vécu toute sa vie.

De fait, une fois à l'intérieur, elle me parut semblable à mon foyer. Cétait une demeure ancienne, vaste, aux plafonds hauts, aux nombreuses pièces, la plupart inutilisées. Le salon qui donnait sur la rue, que l'on apercevait par de grandes fenêtres, comportait plusieurs canapés et bibliothèques en acajou. Dans un coin se trouvait une petite télévision devant laquelle un fauteuil confortable et un tabouret assorti étaient placés. Dans le coin opposé, se trouvait la grande table à manger. Un immense tapis occupait pratiquement toute la salle.

— J'adore, José ! m'exclamai-je en admirant la pièce.

— Vraiment ? me demanda-t-il avec la même joie qu'un enfant félicité pour ses succès scolaires.

— J'aime énormément, affirmai-je, tout est si accueillant.

En mon for intérieur je me dis que s'il devait venir visiter ma maison, il me faudrait absolument retirer le vieux fauteuil abîmé d'Ezéquiela et sa table adorée avec le brasero en dessous.

— Vous dînerez dehors, papa ? voulut savoir Amalia tandis qu'elle s'éloignait par le large couloir qui faisait communiquer le salon avec les autres pièces.

— Oui, mais j'aimerais que tu ne partes pas si vite et que tu m'aides à montrer la maison à notre invitée.

Il y avait dans la voix de José une note menaçante que la fillette détecta immédiatement. Elle revint docilement sur ses pas et se plaça à côté de son père.

Ils me firent visiter toutes les pièces de la maison, l'une après l'autre. La chambre d'Amalia était décorée de manière aberrante. Elle présentait un mélange hétéroclite avec ses peluches, ses rideaux rehaussés de rubans et festons assortis à la couverture du lit, ses posters de groupes de musique et ses icônes de la technologie moderne. Amalia ne possédait pas moins de trois ordinateurs dont un portable, connectés en réseau à un grand écran, et l'on voyait dans un coin une imposante chaîne hi-fi reliée aux ordinateurs par câbles. Sur une petite chaise près du lit reposait un gigantesque ours en peluche. Ce tendre compagnon portait sur les yeux une visière de réalité virtuelle, avait des écouteurs aux oreilles, et était vêtu d'un tee-shirt noir portant, dessinée dessus, la langue rouge de Mick Jagger.

La chambre de José offrait un aspect plus normal. Elle aurait même pu paraître austère sans l'immense lit de fer forgé dont la tête couverte de volutes et de feuilles de vigne s'étalait le long du mur et paraissait bien dangereuse. D'où avait-il sorti un lit pareil qui avait bien l'air d'avoir fêté ses cent ans ? Peut-être même deux cents. Grinçait-il... ? Je fus ravie en découvrant l'énorme quantité de jouets anciens posés sur les meubles et les consoles de la chambre. Il suffisait sans doute de tourner la manivelle pour qu'ils se mettent tous à bouger en émettant de la musique. À droite, à côté d'une grande armoire, une porte couverte d'une glace donnait sur la salle de bains.

La chambre que l'on m'avait réservée tout au bout du couloir était très agréable, et je dus retenir une exclamation de joie en constatant qu'elle possédait aussi une salle de bains attenante. La fenêtre donnait sur la rue, comme le salon, aussi était-ce un peu bruyant, mais le lit était superbe et grand, et le matelas assez ferme pour moi.

Cette nuit-là, José m'emmena dîner dans un petit village voisin appelé Foz de Douro. La salle du restaurant offrait une vue superbe du coucher de soleil sur l'Atlantique. Le repas, un peu gras à mon goût, mais très marin, me rappela certains restaurants de la côte méditerranéenne. Nous étions tous les deux étrangement intimidés. Les sujets de conversation s'épuisaient à peine ébauchés comme si nous ne savions pas quoi dire ou pensions à des choses bien éloignées de celles dont nous parlions. J'observais José avec attention tandis qu'il s'efforçait de m'expliquer des choses d'un ton raisonnable et de la même manière, je le sentais m'examiner minutieusement quand venait mon tour de parler. Nous souriions tous les deux beaucoup. Nous flirtions évidemment d'une manière scandaleuse. Mais, par chance, seuls lui et moi l'avions remarqué. Le dîner en était arrivé à un tel point qu'il nous fallait trouver un sujet de conversation qui requière toute notre attention et tout notre intérêt sans quoi nous étions irrémédiablement perdus. Ce sujet ne pouvait être que le travail. C'était à lui que je devais mon voyage et ce dîner.

— Incroyable, cette histoire du salon d'ambre, non ? laissa échapper José en levant son verre de vin.

— Je ne comprends toujours pas très bien comment nous en sommes arrivés là, tu sais, dis-je avec un soupir.

— Et pourtant, tout est de ta faute ! fit-il remarquer d'un ton amusé. Qui a trouvé la toile cachée ? Qui a résolu l'énigme du code Atbash ? Qui a retrouvé les pièces du puzzle et a pu fournir ainsi une explication cohérente ?

— Mais c'est Läufer qui a secoué Internet comme un cocotier !

— Oui. Et Donna, Rook, Roi et moi avons aussi notre part de responsabilité, mais tu es la principale coupable. Et ne t'inquiète pas, tu vas le payer très cher dans ces maudites galeries de Weimar.

— Mais je ne serai pas seule…, dis-je en laissant ma voix glisser sur une note de plaisir.

José avait des yeux sombres striés de miel, et, alors qu'ils se posaient longuement sur moi, je ne pus m'empêcher de penser qu'ils étaient magnifiques et que je me sentais capable de n'importe quelle folie pour me réveiller un jour près d'eux. J'étais attirée par cet homme au point de… me reconnaître amoureuse… J'étais amoureuse ? Évidemment ! Qui essayais-je de tromper ? Mon cœur s'arrêta presque de battre quand je découvris mes propres sentiments tandis que je continuais de sourire comme une idiote en serrant mon verre dans ma main. Bien sûr ! pensai-je, je suis amoureuse de José. Je l'étais depuis longtemps, mais la distance, les interdits posés par Roi, ma manière de vivre… Tout s'était ligué pour m'empêcher de reconnaître la vérité. Il avait suffi pourtant de quelques heures passées près de lui, dans son univers, pour que j'y voie enfin clair. J'étais vraiment stupide ! Oui, stupide parce que maintenant, qu'allais-je faire ? Je n'avais pas d'échappatoire.

— C'est trop dangereux, murmurai-je.

— Non. Tout dépend de la façon de s'y prendre.

José avait une voix aussi peu assurée que la mienne. Je ne savais plus de quoi nous parlions, s'il s'agissait de notre mission ou de nous. La peur du ridicule me fit reprendre un peu le contrôle de moi-même mais mon pouls s'était accéléré et j'avais l'impression d'étouffer.

— Une longue nuit de travail nous attend…, dis-je en regrettant aussitôt ces paroles.

Mon Dieu, comment une telle bêtise avait-elle

pu m'échapper ! Mon subconscient s'était comporté comme un vulgaire Judas Iscariote, me trahissant, me dévoilant. J'étais certaine d'avoir rougi, et je suppliai la terre de m'avaler, mais José sourit, et, en tendant le bras, fit tinter son verre contre le mien.

— Je bois à cette nuit, dit-il en me regardant fixement.

Je ne me souviens plus très bien de ce qui suivit. Je suppose que le vin me monta à la tête. J'ai le souvenir d'avoir eu très chaud, d'avoir débité beaucoup de bêtises accompagnées de grands éclats de rire. Dans la voiture, au retour, tandis que José conduisait, le regard fixé sur la route, je m'installais confortablement dans mon siège et profitais de l'obscurité, bercée par les doux et mélancoliques fados que chantait Dulce Pontes. Le visage de José était éclairé de temps en temps par les phares des voitures que nous croisions. Je l'aimais ! Même s'il ne partageait pas mes sentiments, à cet instant il m'appartenait, et cet instant m'appartiendrait à jamais... Soudain, José, sans tourner la tête, me prit la main et la serra dans la sienne. Je répondis à son geste. Et c'est main dans la main que nous arrivâmes chez lui, et montâmes les marches sans dire un mot pour ne pas rompre la magie. Dès qu'il eut fermé la porte derrière moi, il me serra passionnément dans ses bras et nous échangeâmes de longs baisers fougueux dans la pénombre du hall...

Heureusement, la tête du lit en fer forgé vieille de deux siècles ne parvint pas à me blesser.

La journée du lendemain fut bien remplie mais

occupée à tout autre chose qu'au travail. Le matin, José m'emmena découvrir sa ville. Tandis que nous nous promenions, si l'on peut considérer ainsi la prouesse de monter et descendre ces côtes raides sans un petit souffle de vent, je traversai l'impressionnant pont de fer qui enjambe le fleuve Douro, et visitai la gare de São Bento, la tour des Clercs, et quelques célèbres bars à vin.

À midi, José m'emmena déjeuner dans un restaurant appelé *A Brasileira* comme le célèbre café de Lisbonne, décoré dans le plus pur style Art nouveau avec miroirs, lustres et marbres, et peuplé de serveurs habillés des traditionnels tablier blanc et gilet noir. L'après-midi, José me fit visiter la librairie centenaire Lello, à la fois magasin, bibliothèque et musée, construite autour d'un incroyable escalier en colimaçon. Je ne pus m'empêcher d'y commander plusieurs ouvrages ; écrits en portugais, je ne les lirais probablement jamais. Mais rien n'avait d'importance ce jour-là, car j'étais heureuse. J'avais la sensation de flotter comme un esprit enchanté, la main dans la main de l'homme le plus beau, le plus merveilleux du monde. Un sourire béat demeura collé à mes lèvres toute la journée. Jusqu'à ce que…

— Nous devons rentrer à la maison, dit José. Je ne veux pas laisser Amalia seule trop longtemps.

— Ta fille n'a pas d'amis ? lui demandai-je non sans une certaine rancœur que je ne pus maîtriser.

— C'est une enfant très spéciale, dit-il d'un ton songeur. Elle est solitaire, introvertie, intelligente… Elle s'entend très mal avec sa mère et cela l'a rendue très susceptible.

Je crois que c'est à cet instant que je me rendis compte que José était comme la console espagnole du dix-huitième siècle aux pieds terminés en griffes de lion que j'avais vendue à mon client anglais : il faisait partie d'un lot et la petite Amalia était incluse dedans. C'était la fille et le père, que cela me plaise ou non. Je ne pouvais l'éliminer de la surface de la terre. Ou j'acceptais Amalia ou je perdais José.

— Très bien, dis-je, rentrons.

Durant toute cette magnifique journée, nous n'avions parlé ni du travail ni de notre relation. Les deux sujets demeuraient en suspens. Mais de nouveau, alors que le moment paraissait opportun pour engager la discussion sur notre future expédition, la fillette s'interposa comme un obstacle.

— Je dois te faire une confession, Ana, avant d'arriver à la maison, me dit soudain José en m'ouvrant la portière de la voiture.

Je demeurai immobile et muette. Il me sourit en me caressant la joue.

— Je sais que tu vas te fâcher, mais à toi, je dois l'avouer.

Quand Ezéquiela commençait une phrase de cette manière, je sentais immédiatement s'allumer dans ma tête des voyants rouges. Les paroles de José pourtant m'écrasaient le cœur, aussi lourdes qu'une tonne de plomb. Que voulait-il donc me dire ? Je montai dans la voiture en silence, et attendis qu'il s'assît à côté de moi, agitée par les pensées les plus noires. Mais il se contenta de démarrer et de quitter la rue. Il ne desserra pas les lèvres avant que nous ne soyons arrêtés par un énorme embouteillage sur l'avenue Dos Aliados.

— Amalia sait tout de nous… Du Club d'échecs, je veux dire.

J'eus l'impression de recevoir un coup sur la tête. Je me tournai pour regarder José, ouvris la bouche et ne pus proférer un mot.

— Oui, oui, je sais très bien ce que tu vas dire, s'excusa-t-il maladroitement. Et je sais que tu as raison, que ce que tu penses en ce moment est tout à fait fondé. Et je ne t'en voudrai pas si tu te fâches. Mais même si nous ne devons plus nous revoir, je te supplie de m'écouter une dernière fois.

Je commençai à sentir un sifflement gênant dans les oreilles. Un vertige angoissant m'obscurcit la vue et me retourna l'estomac. J'étais effrayée, terrorisée par ce qu'il venait de me dire comme si le comte Dracula, l'authentique Mr Hyde, et le monstre du Dr Frankenstein étaient apparus devant moi tous à la fois, prêts à me dépecer. Mais l'affaire n'avait rien de drôle. Elle était au contraire très sérieuse, très grave. Si Roi l'apprenait… Si Donna, Läufer, et Rook en venaient à soupçonner que José avait mis, par son indiscrétion, leur vie, leur travail et leurs propriétés entre les mains fragiles d'une enfant de treize ans, sévère et solitaire…

— Je ne lui ai rien dit, tu sais, continua Cavalo.

— Ah non ? réussis-je enfin à proférer, suffoquée. Maintenant tu vas me dire qu'elle a réussi à briser les protections de Läufer, et qu'elle a tout deviné toute seule !

— Tu ne vas pas me croire, mais c'est presque ça.

— Comment ? criai-je, soudain hystérique. Tu as le culot de…

— Calme-toi, Ana. Je t'assure que ma fille ne dira rien à personne.

— Comment oses-tu affirmer cela ? Tu n'en sais rien, elle n'a que treize ans, bon sang ! C'est une gamine !

— C'est ma fille ! Je la connais.

— Et merde, José, tu as tout gâché ! Tout !

Et j'éclatai en sanglots, désespérée. Je sais aujourd'hui que mes nerfs à fleur de peau, mon émotivité de ce jour-là m'empêchaient de réfléchir, d'examiner la situation avec calme, mais à ce moment-là je voyais Amalia comme un terrible danger qui menaçait ma vie et celle des autres membres du Club.

— Je veux rentrer chez moi cette nuit même, dis-je en montant les marches que nous avions montées la veille au soir, main dans la main, le désir flottant autour de nous comme un halo électrique.

— Ne sois pas idiote, me répondit-il en sortant les clés de sa poche et en ouvrant la porte.

Sa maudite fille n'était pas en vue. La maison silencieuse était plongée dans l'obscurité.

— Ce que tu m'as révélé est très grave, José. Très très grave.

— Je sais, mais je n'avais pas le choix, il fallait que je te le dise. Il me regarda droit dans les yeux. Ta tante Juana est au courant, elle aussi, n'est-ce pas ? Et j'en mettrais ma main au feu, je suis sûr que la vieille Ezéquiela sait tout depuis de nombreuses années. Cela ne semble pas t'avoir jamais préoccupée.

Il sourit d'un air sarcastique et poursuivit :

— Tu peux me croire, Ana, ma fille est de toute confiance, bien que tu ne puisses pas le voir maintenant parce que tu es encore sous le choc. Je veux que tu comprennes qu'elle ne dira rien à personne. Elle connaît l'importance de nos affaires. L'an dernier, commença-t-il à expliquer tandis qu'il allumait la lumière et ouvrait les portes, je lui ai donné la permission de connecter l'ordinateur de la bijouterie avec les trois appareils qui se trouvent dans sa chambre. Il fallait juste faire un petit trou dans le plafond et tirer un peu de câble, m'avait-elle assuré, pour qu'elle puisse ainsi profiter de ma connexion Internet. Je ne savais pas encore à quel point ma fille était un génie en informatique pour qui découvrir le dossier dans lequel je gardais les fichiers du Club était d'une simplicité enfantine. Je pensais avoir tout bien caché, mais je me trompais. J'avais un code d'accès secret, pourtant, dit-il en haussant les épaules. Mais j'avais oublié qu'Amalia connaissait tous les numéros de mes cartes de crédit.

— Tu as choisi le numéro d'une de tes cartes de crédit comme code de sécurité ? m'exclamai-je, incrédule face à une telle naïveté.

— Mais je ne les ai écrits nulle part, protesta-t-il, je les connais par cœur !

— Ta fille aussi, apparemment !

— C'est vrai, je le reconnais... Mais à cette époque, je l'ignorais complètement. Tu comprends, elle voulait juste se connecter de sa chambre sur Internet. Mais c'est une fille, et comme toutes les filles de son âge, elle s'est mise à fouiller dans les papiers de son père. Tu n'aurais pas fait la même chose, toi, à sa place ?

José l'ignorait, mais une de mes grandes fiertés était d'avoir découvert toutes les cachettes que mon père avait dans la maison en lui laissant croire ingénument qu'il conservait certaines choses loin de mes yeux et de ma portée. J'avais même réussi à percer le secret du coffre-fort qu'il avait fait installer dans ce qui était actuellement mon bureau, et qui s'ouvrit docilement sous mes mains infantiles comme si c'était un jouet. La combinaison secrète en était aussi simple et bête que le code de José : il s'agissait de la date de naissance de ma mère.

— Écoute, dis-je en me laissant tomber sur un des canapés, il faut me laisser le temps de digérer la nouvelle. Mais je te le dis sincèrement, je ne pourrai plus vivre en paix à partir de maintenant.

— Mais si, voyons, cela ne dépend que de toi. Le mois dernier, Amalia était déjà au courant et tu dormais tranquillement pourtant. Alors, qu'est-ce qui a changé ?

— Maintenant, je sais que je suis en danger, c'est tout.

— Mais tu n'es pas en danger, bon sang ! s'écria-t-il en donnant un coup de poing rageur sur le dos du canapé où j'étais assise.

— Comment oses-tu crier et donner des coups de poing sur les meubles en ma présence ! répondis-je sur le même ton, l'air indigné.

Il me regarda surpris et demeura coi… mais cela ne dura pas. Avant que j'aie pu réagir, il bondit sur moi comme un fauve en lâchant un énorme éclat de rire.

— Ana, ma chère Ana, répétait-il tout en m'embrassant.

— Papa… ? dit soudain une petite voix.

Le sang se glaça dans mes veines. La maudite morveuse était là.

José se mit debout d'un saut si rapide que je n'eus pas le temps de dire « ouf », et regarda sa fille avec une expression de honte et de culpabilité. Mais lui encore avait de la chance : moi j'étais allongée sur le canapé, dans une position équivoque, les cheveux et les vêtements froissés.

— Papa, j'ai faim. Vous avez déjà dîné ?

Amalia nous regardait du seuil de la porte avec un air de profond ennui.

— Où étais-tu passée ? Je croyais que tu étais sortie.

— J'étais dans ma chambre avec Joan. J'avais fermé ma porte.

— Et où est Joan ? demandai-je avec appréhension.

Il ne manquait plus que ça, qu'une personne de plus ait écouté la conversation entre José et moi, et ce qui ne relevait pas exactement du strict registre de la conversation.

— Sur le Net, me rassura son père qui avait lu dans mes pensées. Joan vit à Washington. Amalia pratique l'anglais avec elle.

— Bon, reprit la jeune fille, vous avez dîné ou

pas ? Parce que moi, j'ai faim. Je ne savais pas si je devais vous attendre ou pas.

— Une pizza, cela vous dit ? proposai-je immédiatement tout en finissant de m'arranger discrètement. Je mangerais volontiers une énorme pizza avec beaucoup de peperoni, qu'est-ce que vous en dites ?

Une lueur d'espoir apparut dans les yeux d'Amalia.

— Papa ne me laisse jamais manger de pizza, mais peut-être qu'aujourd'hui…

José fronça les sourcils mais se rendit compte qu'il était dans une position délicate.

— Bon, d'accord, va pour une pizza.

Amalia poussa une exclamation de joie et me remercia d'un grand sourire. Elle n'était peut-être pas si terrible que je le craignais.

Une demi-heure plus tard, nous étions assis tous les trois devant une énorme pizza couverte de peperoni dégoulinants de graisse et des canettes de Coca. Ce n'était pas exactement ce que l'on appelle un dîner romantique, mais, étant donné les circonstances, c'était ce que l'on pouvait faire de mieux. Je repartais le lendemain, et personne n'aurait pu dire comment tout cela allait se terminer, mais je me consolais en me disant qu'au moins à Weimar nous serions seuls.

José nous parla d'une montre à réparer que l'on devait lui apporter prochainement, un projet qui l'enthousiasmait. Il s'agissait d'une création réalisée à Amberes par un horloger inconnu qui datait probablement de la fin du seizième siècle.

— Un véritable bijou, Amalia, tu verras, je ne

mens pas ! expliquait-il à sa fille. Elle a la forme d'un lion dont les yeux de rubis bougent avec les heures. La machinerie dispose de suffisamment de corde pour trois jours, sonne les quarts d'heure et possède un réveil ! Une merveille ! Le double système de transmission des cadrans, celui des heures et celui qui marque les phases de la lune, ne fonctionne plus depuis cinquante ans d'après ce que l'on m'a dit, mais je crois que je vais pouvoir le réparer.

— Où se trouvent les cadrans ? demandai-je pour participer à la conversation.

— Dans le dos, où donc pourraient-ils être ? répondit José, surpris, sous le regard de sa fille qui acquiesçait en hochant la tête.

— J'aimerais voir ton atelier, José.

— Je t'emmènerai après le dîner. Mais nous devrions commencer à penser à Weimar, Ana.

J'enfournai un énorme morceau de pizza dans ma bouche pour dissimuler mon mécontentement. J'allais devoir m'habituer à parler devant Amalia de ce que j'avais considéré jusqu'alors comme le secret le mieux gardé du monde.

— Vous n'avez pas... beaucoup de temps, dit la jeune fille en avalant un grand verre d'eau pour faire passer sa bouchée.

L'avion qui devait me ramener à Madrid décollait à cinq heures et demie le lendemain.

— Tu sais, Amalia, c'est Ana l'experte. Moi je ne suis que son assistant.

— Ce n'est pas très compliqué, dis-je en essayant d'enlever de l'importance à la chose. Organiser le voyage, faire la liste du matériel indispensable, décider ce qu'il faut acheter…

— Vous aurez de l'aide extérieure ? demanda Amalia en se servant un autre morceau de pizza.

— De l'aide extérieure ? répéta son père, surpris.

— Il y aura bien quelqu'un dehors pendant que vous serez dans les galeries, non ? Au cas où il vous arriverait quelque chose, où vous auriez besoin de quelque chose…

Et elle mordit à belles dents dans sa part. J'échangeai un regard étonné avec José puis nous eûmes une illumination, en même temps :

— Ah ! non, il n'en est pas question ! déclara-t-il.

— Ta fille a des idées vraiment incroyables ! dis-je pour jeter de l'huile sur le feu.

— Ma fille va cesser d'avoir la moindre idée à ce sujet si elle continue à dire des bêtises.

Amalia nous regardait avec candeur. Elle me rappelait Ezéquiela quand celle-ci prenait son expression de charmante vieille dame incomprise.

— Mais je n'ai rien dit ! fit-elle remarquer, indignée.

— Ce n'était pas la peine, répliqua son père d'un ton sévère. Nous avons lu dans tes pensées !

— « Nous », bien sûr ! Alors maintenant, tu n'es plus tout seul, c'est ça, hein ? Tu ne sais plus parler au singulier ! s'exclama-t-elle en se levant et en le toisant d'un air de mépris.

José la regarda longuement.

— File dans ta chambre, ordonna-t-il d'un ton calme.

— Pourquoi ? le défia-t-elle.

— Pour les mauvaises intentions qui étaient contenues dans tes paroles. Pour m'avoir parlé sur ce ton. Et pour avoir offensé notre invitée. Je crois que ce sont des raisons suffisantes de te punir, conclut-il.

Il lui caressa le bras de manière conciliante et ajouta :

— Allez, va.

— On pourrait croire que tu cherches seulement à te débarrasser de moi.

Oh ! mais elle est aussi très douée pour le chantage, pensai-je.

— Oui, mais comme tu sais que ce n'est pas vrai, tu ne le penseras pas. Si j'avais voulu être seul avec Ana, nous ne serions pas venus dîner ici.

José était un bon père, cela ne faisait aucun doute et Amalia le savait, c'est pour cela qu'elle se retourna vers moi et, d'un air très sérieux, me dit :

— Je m'excuse.

— Très bien, dis-je avec un léger sourire. Ce n'est rien.

— Bonne nuit.

— Bonne nuit, répondis-je en même temps que son père.

Dès que nous l'eûmes entendue fermer la porte de sa chambre, José me prit la main :

— J'aimerais te présenter mes excuses, moi aussi.

— Tu n'as aucune raison de le faire.

Mais je lus dans ses yeux une véritable inquiétude. Je lui passai la main dans les cheveux et m'approchai pour déposer un léger baiser sur ses lèvres.

— Écoute, José, personne n'a dit que ce serait facile. Nous ne sommes pas deux jeunes tourtereaux irresponsables. Nous avons chacun notre vie, notre maison, notre travail… Et toi, en plus, tu as une fille adolescente ! ajoutai-je en riant. Sais-tu ce que tu attends de moi, de cette relation ? Tu y as réfléchi ?

Il me regarda et se pencha pour m'embrasser.

— Cela te paraîtrait-il terriblement conventionnel si je te disais que je t'aime, que je veux t'épouser et avoir des enfants ?

— Oui, je crois que oui.

— Alors, dis-moi, toi, ce que tu veux !

— Je veux…

— Je m'interrompis, songeuse, puis repris :

— Je crois que j'aimerais continuer comme avant, mais en te voyant davantage, bien sûr.

— Tu préfères que nous dépensions notre argent en billets d'avion ?

— Oui, murmurai-je, toute autre possibilité serait bien trop compliquée, je crois.

— Mais cela pourrait se révéler dangereux pour le Club. Roi s'y opposera tout net.

Je baissai la tête en laissant mes cheveux dissimuler mon visage. José les écarta et me releva le menton.

— Il y a beaucoup de choses que Roi ne sait pas et qu'il n'a pas à savoir, affirmai-je — et je ne pensais pas tant à notre relation qu'à ce qu'Amalia avait découvert de nos activités.

José prit une profonde inspiration et leva la tête

vers le plafond. Je gardai le silence. Je suppose que chacun, de son côté, soupesait les avantages et les inconvénients de ma proposition qui était sans aucun doute la plus sensée. Pourrait-il jamais quitter Porto, son atelier d'horlogerie, et vivre loin de sa fille ? Et moi, pourrais-je abandonner Avila, mon magnifique magasin d'antiquités, ma vieille maison et arracher Ezéquiela à son univers familier ? Tout cet effort, à quoi servirait-il ? Notre relation venait à peine de naître. Je préférais vivre cinq jours de la semaine à le regretter et deux à ses côtés, plutôt qu'une semaine entière avec lui en pensant que nous nous étions trompés. Et puis, c'était quoi cette histoire d'avoir d'autres enfants ? Qui voulait des enfants ? Pas moi, en tout cas.

— Bien, acquiesça-t-il finalement, mais pour moi ce n'est qu'une solution temporaire. Je ferai tout pour te convaincre de m'épouser, sache-le.

— Tout ? répétai-je en souriant.

— Tout ce qui est possible et aussi impossible. Et je vais commencer maintenant…

Bien entendu, cette nuit-là, nous n'eûmes pas le temps de travailler non plus.

La lumière du jour me réveilla. Contrairement à José, j'avais l'habitude de dormir les volets fermés et bien que deux heures seulement se fussent écoulées depuis que nous nous étions endormis — le réveil sur la table de chevet indiquait huit heures et demie —, j'ouvris les yeux et cillai sans reconnaître cette pièce remplie d'automates.

À cette heure matinale du dimanche, Porto se reposait encore. L'avenue si bruyante d'habitude était silencieuse et l'on pouvait entendre clairement le chant des oiseaux. Je regardai José qui dormait profondément à mes côtés, les yeux fermés et les cheveux ébouriffés. Sa respiration était régulière. J'essayai de déplacer légèrement son bras droit posé sur ma taille pour mieux le voir, mais il serra plus fort, comme s'il craignait que je ne le quitte au milieu de son sommeil. Peut-être étais-je tombée amoureuse d'un homme possessif, me dis-je, préoccupée, mais je chassai rapidement cette idée en me moquant de moi-même : j'étais bien trop vieille pour ne pas reconnaître et apprécier un geste d'amour. Je refermai les yeux et me collai contre lui. José, sans se réveiller, m'accueillit dans ses bras, et je me laissai bercer par une douce léthargie.

Un pas ferme se fit entendre soudain dans le couloir. Un pas rapide. J'ouvris les yeux brusquement. Mon pouls s'accéléra. Mon alarme intérieure commença à m'envoyer de hautes doses d'adrénaline. On frappa à la porte.

— Vous êtes réveillés ?

— Non ! criai-je en tirant la couverture pour nous cacher, José et moi.

— Dépêchez-vous, il est neuf heures passées ! J'ai fait du café et des toasts !

— Nous voulons dormir ! cria José sans ouvrir les yeux et en m'attirant contre lui.

— Oui, mais je vous rappelle que vous avez un voyage à préparer..., ajouta Amalia dont la voix nous parvenait plus affaiblie. Après ne viens pas me faire la leçon, et me dire que je dois me montrer plus responsable, papa !

— Je déteste cette enfant, murmura José en

m'embrassant, puis il s'exclama en haussant la voix : Tu pourrais nous apporter le petit déjeuner au lit !

— Non mais ça ne va pas ! Quelle idée ! dis-je angoissée.

— Je suis trop jeune pour voir certaines choses, répondit Amalia de loin.

— Ah ! quand même, tu le reconnais.

Nous tardâmes à sortir de la chambre — à cause de la douche et toutes ces choses-là. Un excellent arôme de café frais nous accueillit à la cuisine où nous apparûmes enfin. Amalia était assise à table avec une tartine beurrée et un livre à la main. Elle portait toujours un jean et des baskets, avec cette fois un vieux pull d'une horrible couleur vert olive. Avec ses cheveux si noirs, une couleur plus gaie aurait été plus seyante. Son père se pencha pour l'embrasser et elle lui tendit la joue.

— Vous allez travailler à l'atelier ou là-haut ? voulut-elle savoir sans lever les yeux de son livre.

— À l'atelier. Ce sera l'occasion de le montrer à Ana et nous ne te dérangerons pas. Toi aussi, tu as des choses à faire, non ?

Amalia fronça les sourcils et acquiesça d'un signe de la tête.

— J'ai deux contrôles demain. Anglais et maths.

J'emportai une tasse de café à l'atelier qui était situé dans l'arrière-boutique de l'élégante horlogerie-bijouterie. On y accédait de la maison par un étroit escalier en colimaçon. La boutique était spacieuse et offrait un aspect luxueux avec ses grandes vitrines regorgeant de bijoux qui brillaient malgré la faible lumière dispensée par les interstices des persiennes métalliques. Je fis bien attention à ne pas tacher la moquette immaculée. J'avais l'impression de me trouver dans la salle du trône d'un palais royal.

— Tu dois avoir un système de sécurité très sophistiqué…, commentai-je avec admiration.

— Et une excellente assurance contre le vol ! s'exclama-t-il.

La bijouterie m'avait impressionnée. L'atelier me fascina. Il tenait à la fois du laboratoire moderne et du chantier médiéval, comme si Isaac Newton y travaillait main dans la main avec Léonard de Vinci ! L'ample salle contenait plusieurs tables sur lesquelles reposaient les plus étranges mécanismes. Le lieu m'enchanta. J'allai d'un banc à l'autre, d'un automate à l'autre, d'un microscope à l'autre comme une boule de billard renvoyée d'une bande à l'autre. Je ne me lassais pas d'examiner les polissoirs, les petites lampes à alcool, les innombrables boîtes d'engrenage, de petites manivelles, de ressorts, les délicates et fines cordes de soie… Partout, on voyait des montres anciennes et des jouets mécaniques. Les rayonnages des vitrines croulaient sous le poids des pièces que José avait accumulées. Certaines, d'ailleurs, devaient valoir une fortune. Si j'avais pu faire une photographie de cet atelier, je l'aurais fait agrandir puis encadrer pour l'accrocher au-dessus de mon bureau.

Au fond, sur une large table d'acajou, étaient posés un ordinateur, une imprimante et un scanner reliés par des câbles qui montaient du poste de téléphone situé au ras du sol jusqu'à un trou dans le plafond qui devait donner dans la chambre d'Amalia.

Comme la table était collée au mur, pour agrémenter sa vue José avait suspendu une lithographie sur laquelle était dessiné un vieux mécanisme de montre. On pouvait clairement y distinguer les principaux éléments du mouvement, le poids, l'échappement et le pendule. Des annotations avaient été griffonnées sur les côtés. José dut percevoir l'envie qui se reflétait sur mon visage.

— Elle te plaît… ? me demanda-t-il. C'est une illustration d'un manuel d'horlogerie de Ferdinand Berthoud, elle date de la première moitié du dix-huitième siècle.

— Elle est très belle.

— Merci. Si tu veux, je t'en offrirai une copie. Viens, installe-toi ici, à ma place. Je prendrai la chaise.

Nous travaillâmes intensément jusqu'à l'heure du déjeuner. En réalité, je faisais des propositions qu'il notait avec diligence sur un petit cahier. Nous commençâmes logiquement par l'organisation du voyage. Je lui expliquai que le plus pratique serait de faire tout le trajet en voiture afin de ne laisser aucune trace. De cette manière, il nous serait possible d'aller et venir sans que personne ne soit au courant. De plus, nous pourrions charger le matériel dans la partie arrière de la voiture et abattre les sièges pour nous reposer tour à tour.

José s'arrêta d'écrire.

— Tu veux dire que nous ne nous arrêterons

pas pour dormir dans un hôtel confortable avec un lit pour deux ?

— Je regrette, lui répondis-je avec un sourire, mais j'ai pour habitude de ne jamais dormir dans aucun établissement public quand je suis en mission. Il vaut mieux se rendre directement là où l'on doit travailler, faire ce qu'il y a à faire et repartir immédiatement. Ainsi personne ne peut savoir que tu es passé.

— Ah ! fit-il simplement d'un ton déçu.

— Une fois en Allemagne, nous devrons changer notre véhicule pour un autre immatriculé dans le pays. Läufer devra se charger de nous en procurer un de telle manière que nous puissions le laisser garé plusieurs jours dans une rue sans éveiller les soupçons.

— Pourquoi pas dans un parking public ?

— À cause des employés qui ne manqueraient pas d'être intrigués par le ticket d'une voiture qui serait restée là plus de vingt-quatre heures.

— Je vois.

— Le matériel devra être mis dans des sacs à dos imperméables d'une capacité assez grande, rembourrés au niveau des épaules et munis d'une suspension ajustable si possible. Nous devons prévoir de les porter plusieurs jours. Tu auras besoin d'un costume de plongée comme celui que je porte habituellement. Ils sont très pratiques, ils maintiennent la chaleur du corps et évitent l'humidité. J'imagine qu'il fait terriblement froid dans ces maudits égouts, et nous ne pouvons pas y aller couverts d'une tonne de vêtements.

— Où est-ce que je peux en acheter un ?

— Le mieux serait de faire tes achats ailleurs qu'à Porto. Descends à Lisbonne et rends-toi dans un magasin de nautisme.

— Toute la côte portugaise est remplie de ce genre de magasins.

— Alors ce sera encore plus facile pour toi, tu ne devrais avoir aucun problème pour en trouver un. Achètes-en un de couleur noire. Ah ! et aussi un bonnet de bain de la même couleur.

— Avec des dessins, des fleurs, ce genre de choses ?

— Non, idiot ! lui dis-je en le frappant du bout de mon crayon. Noir, lisse et en caoutchouc.

Je lui décrivis dans le détail toutes les pièces de mon équipement pour qu'il puisse acheter les mêmes. Nous aurions aussi besoin de bonnes bottes en caoutchouc alvéolé pour isoler les pieds de l'humidité et du froid. La seule chose que je ne pouvais pas me procurer, c'était les amplificateurs de lumière car leur vente et leur distribution étaient contrôlées par l'armée. Mais on pouvait trouver certains modèles de moins bonne qualité et de moins grande puissance dans des magasins d'articles de pêche. Il nous fallait également des lampes frontales avec de puissantes ampoules halogènes. Et nous ne devions pas oublier d'emporter une bonne réserve de piles alcalines.

José leva le stylo en l'air pour demander la parole :

— Et nous ne changerons pas de vêtements une seule fois ? C'est un peu ennuyeux, non ?

— Je le regrette, mais ce n'est pas possible. Nous ne pouvons porter un tel poids. Il te faudra attendre de sortir et d'être rentré chez toi pour te doucher, te raser et enfiler des vêtements propres.

— On va finir par empester le rat mort ! Mais tout bien réfléchi, qui sait, cela a peut-être des vertus aphrodisiaques…

Nous attaquâmes la question de la nourriture. C'était sans doute le sujet le plus important, car nous ne ressortirions pas à l'extérieur tant que nous n'aurions pas parcouru tout ce maudit dédale de galeries. Il nous fallait des aliments légers et nutritifs, peu encombrants, comme des purées lyophilisées, des préparations sèches de légumes et de viande, du lait en poudre. Pour concocter ces splendides mets, il suffirait d'un petit réchaud, pliant si possible, et de quelques bonbonnes de gaz. Nous emporterions aussi des barres vitaminées. Si, comme je le pensais, ces tunnels contenaient suffisamment d'humidité pour remplir plusieurs étangs de grenouilles, la quantité d'eau à prévoir serait relativement minime. Il fallait compter juste le nécessaire pour préparer les repas, et emporter quelques boissons isotoniques chargées de sels minéraux.

Je poursuivis la liste : une paire de bons sacs de couchage, une trousse à pharmacie, une boussole digitale, un télémètre manuel pour mesurer les distances, un magnétomètre portable pour lire derrière les murs, et un équipement radio avec batteries de rechange pour nous maintenir en contact avec l'extérieur, puisque aucun téléphone mobile, aussi puissant soit-il, ne pouvait fonctionner à une telle profondeur.

— Qui sera notre contact à l'extérieur? demanda José en levant le nez de ses notes.

L'image d'Amalia se présenta à notre esprit.

— Läufer, bien sûr, répondis-je.

— Heinz? Tu le lui as demandé…?

— En fait, dis-je en me mordant la lèvre, je suis à peu près certaine que cela ne lui plaira pas du tout, mais il faudra bien qu'il obéisse, non?

— Je crains qu'il ne refuse. Il a déjà fait sa part de travail, Ana, et ce n'est pas précisément le genre d'homme à risquer sa peau en direct.

— Mais il faut bien que quelqu'un nous assiste de l'extérieur! objectai-je. On ne va pas rester là-dessous je ne sais combien de temps sans que personne ne se préoccupe de nous. Nous pouvons nous perdre ou nous blesser et rester enterrés sous terre à jamais.

La meilleure solution était sans doute de laisser Roi résoudre le problème. José lui envoya un message urgent en lui posant la question. Il programma son ordinateur pour qu'il se connecte automatiquement toutes les demi-heures et réceptionne le courrier. Puis il continua à prendre des notes. Nous allions avoir besoin d'une caisse à outils ainsi que d'une mini-perceuse, un appareil à dessouder, un détecteur de métal, des rouleaux de corde, des harpons, des crochets, des étriers, des poulies et des poignées d'ascension, des masques, des gants renforcés… La liste nous parut interminable.

— Tu as oublié la peinture pour marquer les endroits par lesquels nous passerons, fit remarquer José.

— Tu ne préfères pas un fil d'Ariane ou des miettes de pain ? me moquai-je. Ne t'inquiète pas, je crois qu'un papier et un stylo feront l'affaire.

Nous nous répartîmes les achats en décidant de ce que chacun apporterait. La voiture de José, une Saab grise dotée d'un coffre immense, nous parut plus appropriée pour effectuer le voyage que la mienne.

L'ordinateur de José nous prévint de la présence d'un message. C'était Roi qui nous donnait les dernières nouvelles. Étrangement, il ne répondait pas à notre courrier antérieur.

Nous continuâmes à travailler. Il était presque midi, et nous devions commencer à penser au déjeuner, mais il restait encore quelques menus détails à résoudre.

— Il nous faut des cartes routières détaillées de France et d'Allemagne, ainsi qu'un plan précis de la ville de Weimar.

— Je les achèterai cette semaine, affirma José, d'un air distrait en traçant une ligne sous la fin de la liste.

— Non, je veux dire que nous en avons besoin maintenant. Nous devrions planifier notre route, et apprendre le tracé des rues par lesquelles nous devrons passer.

— Oui, mais aussi bizarre que cela puisse te paraître, je ne dispose d'aucune de ces cartes !

— Mais moi, j'en ai papa !

Si l'on m'avait pincée à cet instant on n'aurait pas obtenu une seule goutte de sang ! José me regarda fixement, les yeux exorbités, avant de lever lentement la tête vers le plafond d'où provenait la voix étouffée de sa fille.

— Amalia… ? dit-il d'un ton incrédule.

— Oui, papa.

— Amalia, tu nous écoutais ?

— Vous parlez très fort, et par le trou, on entend tout.

— Il ne manquait plus que ça ! m'exclamai-je en éclatant de rire.

— Amalia ! cria son père, fâché, descends tout de suite ! Il faut que je te parle !

Il n'y eut pas de réponse.

— Tu m'as entendu, Amalia !

— Oui, papa.

— Alors, descends.

De nouveau le silence. La fillette devait avoir pris le long et tragique chemin vers son père et ses réprimandes.

— José, si tu préfères que je vous laisse…

Il me regarda longuement en réfléchissant, et juste au moment où la porte de communication avec l'atelier s'ouvrait, il me dit d'un air grave :

— Non, reste. Il va falloir qu'elle s'habitue à toi… Et toi aussi, il faut que tu t'habitues à elle.

— Mais ce n'est peut-être pas le bon moment…

— Je suis là, annonça Amalia en voyant que nous ne faisions pas attention à elle.

Elle s'était plantée devant nous deux d'un air très digne, les bras croisés dans le dos. José demeura à la regarder, les sourcils froncés, une expression froide sur le visage.

— Pourquoi écoutais-tu notre conversation ?

— Je ne l'ai pas fait exprès. J'ai essayé de travailler mais vos conversations et vos rires me gênaient.

— Et qu'as-tu entendu exactement ? lui demandai-je en faisant bien attention de ne pas prendre un ton sermonneur.

— Tout.

— Tout ! cria José.

Amalia baissa la tête comme si elle se repentait, mais je ne crois pas qu'elle éprouvait de véritables regrets. Elle avait dû passer une matinée très distrayante à nous espionner. Mais apaiser son père par une attitude de soumission était une bonne tactique, je l'avais souvent employée, même quand je bouillais intérieurement d'indignation et d'orgueil blessé.

— Je ne l'ai pas fait avec une mauvaise intention, dit-elle. Si j'avais voulu me cacher, je n'aurais pas proposé de vous aider.

— Eh bien, malgré ta bonne foi et ton admirable intérêt envers nous, tu comprendras que...

— Tu ne peux pas me punir deux fois de suite, papa ! Tu m'as déjà punie hier soir.

— Mais c'est que tu n'arrêtes pas ! En ce moment c'est bêtise sur bêtise !

Ils se lancèrent alors en portugais dans une discussion violente à laquelle je ne compris mot. Mais au ton de leurs voix je décelai, avec surprise, que José était en train de perdre. Finalement, au bout d'un long moment de silence qui me parut éternel, les regards du père et de la fille se posèrent sur moi en même temps. J'imaginai qu'ils venaient de dire quelque chose à mon sujet.

— Bien, Amalia, apporte-les-lui, reprit José en espagnol.

— M'apporter quoi ?

— Les cartes et le plan de Weimar. Elle les a sorties hier d'Internet en prévoyant que nous en aurions besoin. Elle a amélioré la résolution et créé un petit programme de recherche pour qu'il nous soit plus facile de localiser l'emplacement et la zone que nous voulons étudier.

— J'ai réuni les données de plusieurs cartes, expliqua Amalia d'une voix ferme, pour que vous ayez une plus grande quantité d'informations en cliquant avec la souris ou en introduisant le nom ou une partie du nom de ce que vous cherchez. En plus, ce programme vous donnera la meilleure route pour accéder à un point donné si vous lui indiquez où vous vous trouvez.

Je souris et m'approchai d'elle.

Je fis le geste de poser ma main sur son épaule mais elle s'écarta comme si mon contact la brûlait. Le sourire s'effaça de mon visage.

— ... Tu as toutes les qualités pour occuper le poste de Läufer quand tu seras plus âgée.

Je crois que c'est la première fois qu'Amalia me regarda droit dans les yeux en me souriant. À cet instant, sans le savoir encore, j'avais gagné son cœur. Apparemment, je venais presque d'exaucer l'un de ses plus grands désirs.

— Je peux te montrer comment cela marche, si tu veux, me répondit-elle. Regarde, tu peux imprimer la zone que tu recherches à la taille de ton choix.

Peu de temps après arriva l'e-mail que nous

attendions. Roi nous prévenait d'un ton catégorique qu'il était exclu que Läufer soit impliqué dans aucune tâche. Il en avait déjà suffisamment fait pour cette opération, et il était bien trop occupé pour aller perdre du temps à Weimar pendant que nous parcourions les égouts. José et moi fûmes évidemment surpris par son ton virulent, mais je supposais que Läufer avait répondu de manière bien plus violente quand Roi lui avait présenté notre requête. Néanmoins, après cette petite philippique, le comte nous rassura : il s'occuperait personnellement de nous. Juste après avoir traversé la frontière, nous trouverions, caché dans un lieu sûr qui restait à déterminer, l'argent dont nous aurions besoin ainsi que les clés d'une voiture allemande et les instructions nécessaires pour la trouver et faire l'échange. Dès que nous aurions décidé des dates de notre voyage, il mettrait le plan en marche. Il comptait s'installer à l'hôtel Kempinski de Weimar pendant la durée de la mission, prêt à intervenir en toute urgence pour nous faire sortir des galeries si un incident désagréable survenait.

José mit au four une énorme daurade et je l'aidai en préparant une garniture d'oignons et de pommes de terre qui allait merveilleusement avec le poisson. Amalia participa en mettant la table. Elle se montra si charmante, comme si une fée l'avait transformée d'un coup de baguette magique, que son père la contempla avec adoration. Le programme informatique qu'elle avait créé pour nous était vraiment d'une excellente qualité. Je sentis la poitrine de José se gonfler d'un orgueil paternel justifié. Je me reprochai, avec résignation, d'avoir choisi un respectable géniteur pour une fois que je tombais amoureuse. Je m'en voulus de ne pas avoir pris soin de trouver quelqu'un qui était réellement seul dans la vie. Mais José m'embrassa soudain et toutes ces mauvaises pensées s'effacèrent aussitôt de mon esprit.

À table, tandis que nous profitions du repas savoureux, Amalia souleva le dernier problème dont il restait à trouver la solution. Et il était de taille.

— Que comptes-tu faire de moi pendant ton absence, papa ?

— Je suppose, murmura José en posant sa fourchette avec un geste préoccupé, je suppose que tu peux rester avec ta mère deux semaines, non ? Peut-être moins d'ailleurs.

— Je ne veux pas retourner chez maman.

— Tu ne peux pas rester seule, Amalia.

— Et pourquoi pas ? Je suis grande maintenant. Je n'ai qu'à rester ici.

— Tu iras chez ta mère, un point c'est tout. Je te reprendrai à mon retour.

Je savais que les parents de José étaient morts mais les grands-parents maternels auraient peut-être pu s'occuper de l'enfant. Comme j'ignorais le degré d'inimitié entre la mère et la fille, je me dis qu'après tout ce ne devrait pas être si difficile pour Amalia de rester avec elle deux semaines. En fin de compte, là était sa vraie maison car le fait de vivre chez son père jusqu'à Noël n'avait été qu'une solution provisoire pour régler un problème, même si je n'en connaissais pas la nature.

— Les parents de Rosario vivent très loin, à Ferreira do Alentejo, un petit village du sud du Portugal, m'expliqua José quand je lui soumis mon idée, et Amalia n'a jamais eu beaucoup de relations avec eux. Elle retourne chez sa mère et on n'en parle plus. Et puis elle ne peut pas rater les cours aussi longtemps.

— Cela n'a rien à voir, papa, les examens de demain sont les derniers jusqu'en décembre. Et je ne veux pas aller à la maison avec maman. Elle est beaucoup mieux sans moi, et tu le sais très bien.

— Écoute, Amalia, je ne vois pas comment tu pourrais rester seule ici alors que ta mère vit à trois rues. À ton avis, que penses-tu qu'elle dirait si elle l'apprend ? Elle irait aussitôt le raconter au juge et tu ne pourras plus venir me voir jusqu'à ta majorité.

— Alors, emmène-moi avec toi.

Je lâchai un rire sardonique que je noyai par une longue gorgée de Coca. Et Ezéquiela qui disait que j'étais plus têtue qu'une mule. Il y avait là quelqu'un qui me surpassait !

— Mais comment veux-tu que je t'emmène ? protesta José sans perdre patience.

Si elle avait été ma fille, la dispute se serait terminée depuis longtemps, pensai-je.

— C'est incroyable, Amalia, à ton âge, les absurdités que tu peux dire. Tu es trop grande, voyons.

— Puisque je suis grande…

Et ils se remirent à parler en portugais ! Je poursuivis mon repas tranquillement loin de la tourmente qui soufflait d'un côté et de l'autre de la table, laissant père et fille se débrouiller avec leurs problèmes. Mais soudain une drôle d'idée me passa par la tête :

— José, et si tu laissais Amalia avec Ezéquiela, chez moi ?

— Chez toi, en Espagne ?

Oui, je sais l'idée était inattendue, mais j'avais au moins réussi à rompre le cercle vicieux de leur discussion.

— Ezéquiela saura parfaitement s'occuper d'elle pendant notre absence. C'est elle qui m'a élevée, tu sais, depuis que je suis toute petite. Et comme tu as pu le constater, le résultat n'est pas si mal.

Amalia me jeta un regard méfiant tandis que José jaugeait ma proposition.

— Qui est Ezéquiela ? me demanda Amalia.

— Ma vieille gouvernante. Elle a toujours vécu auprès de ma famille et comme j'ai perdu ma mère très tôt, elle s'est chargée de moi. Et aujourd'hui, elle vit encore avec moi, à Avila. Je te préviens qu'elle est ronchon et susceptible, qu'elle n'a pas connu d'autre enfant que moi, mais elle a bon cœur et elle cuisine à la perfection.

— Je vais m'ennuyer à mourir.

— Oui, mais tu seras bien avec elle, intervint José les yeux brillants. Et nous pourrions dire à ta mère que tu m'accompagnes en Espagne pour un voyage d'affaires.

— Je crois que je ne veux pas.

— Alors tu vas chez ta mère, c'est décidé.

Amalia sembla réfléchir. Puis elle leva les yeux vers moi :

— Je pourrai utiliser ton ordinateur ?

Je faillis hurler qu'il n'en était pas question, mais finalement, l'âge a ses bienfaits, puisque je réussis à lui répondre sans perdre contenance, d'une voix douce et mélodieuse :

— Je ne crois pas, ma chérie.

— Alors je préfère rester ici.

— Tu pourrais prendre l'ordinateur portable, proposa son père, et Ana te laissera te servir de sa connexion à Internet.

De nouveau retentirent les cris de l'enfant possessif qui était en moi, mais je la fis taire et dis d'un ton doucereux :

— Cela pourrait se négocier.

— Bon, alors dans ce cas, d'accord, j'irai à Avila. À condition que je puisse utiliser la connexion.

Cette nuit-là, après un long vol de retour suivi d'une heure de route jusqu'à Avila, j'appris la nouvelle à Ezéquiela. Nous étions assises toutes les deux à la chaleur du brasero de la table de repos du salon. Elle acquiesça sans mot dire, elle ne me posa aucune question. Mais le lundi matin, quand j'ouvris les yeux pour commencer la nouvelle journée, je la trouvai en train de nettoyer à fond mon ancienne chambre que j'avais toujours gardée jusqu'à ce que je prenne celle de mon père plus grande et lumineuse, astiquant, cirant, faisant briller. Je crois que l'idée d'avoir de nouveau une fillette à la maison ne lui déplaisait pas du tout.

4

José et moi suivions la route prévue pour parvenir jusqu'à Weimar. Le samedi après-midi, dernier jour d'octobre, nous trouvâmes en arrivant à Toulouse une enveloppe contenant les instructions, les clés de la nouvelle voiture et l'argent que Roi avait laissé dans la petite centrale téléphonique d'une clinique privée située à l'extérieur de la ville. Le dimanche, jour de la Toussaint, nous échangeâmes notre véhicule pour une vieille Mercedes, bleu foncé, immatriculée à Bonn, qui nous attendait dans le garage désert d'un édifice en ruine de la Römerhofstrasse de Francfort. Dans le coffre, un puissant talkie-walkie était accompagné d'une note de Roi nous indiquant les fréquences, les horaires et les codes dont nous aurions besoin pour nous connecter. Comme il ne nous restait que trois cents kilomètres avant d'arriver à Weimar — nous en avions parcouru mille cinq cents en vingt-quatre heures, nous nous arrêtâmes dans la première station-service qui se présenta sur l'autoroute. Nous avions décidé de nous changer là et d'enfiler nos tenues isothermes sous le pantalon et les pulls. Plus tard, alors que la nuit était déjà tombée, nous prîmes une déviation vers l'ultime tronçon de l'autoroute, Eisenach-Dresde, qui devait nous conduire directement vers notre destin. Nous étions fatigués de toutes ces heures passées à rouler, mais la joie d'être ensemble nous rendait loquaces.

Enfin, vers trois heures du matin, nous entrions dans les premières rues de l'obscure et silencieuse ville de Weimar.

Weimar est située sur les rives de l'Ilm, au cœur même de l'Allemagne. Aucune autre ville européenne n'a connu d'expériences historiques aussi disparates qu'elle : berceau de la pensée humaniste, du raffiné mouvement romantique dont l'écrivain Johann Wolfgang von Goethe était le porte-drapeau, elle avait été aussi le premier fief allemand du mouvement nazi. Centre artistique et culturel au rayonnement incomparable, elle accueillit des peintres comme Lucas Cranach, des musiciens comme Bach et Liszt, des écrivains comme Schiller et des philosophes comme Nietzsche. Mais Weimar hébergea aussi un des pires camps de concentration et d'extermination, le KZ-Buchenwald où furent torturés et exterminés plus de cinquante-six mille personnes — juifs, homosexuels et opposants politiques.

Heureusement, aucune trace de cette barbarie n'y subsistait quand José et moi entrâmes dans la ville par cette nuit de novembre. Le temps avait respecté ce qui était beau et agréable, et effacé toute trace de l'horrible passé. Tandis que je contemplais les belles et étroites rues à l'aspect moyenâgeux, les jardins enchanteurs aux airs versaillais, les nombreux monuments, hommages à des personnages célèbres, et les typiques maisons de carte postale avec les toits à deux pentes, je ne pus éviter de penser avec douleur à tous ceux qui cinquante ans à peine auparavant avaient connu d'atroces souffrances et perdu la vie dans ce lieu. Weimar dormait, propre et tranquille, ce matin-là, mais je sentis avec une force intense que la douleur des morts demeurait partout comme une cicatrice.

Il nous fut facile de trouver l'ancien *Gauforum*. Curieusement, Amalia nous avait cédé de bon gré son ordinateur portable en échange de l'autorisation d'utiliser le mien pendant la durée de son séjour à Avila. Personne ne s'était douté du sacrifice que j'avais consenti pour ce prêt ! Je pouvais donc consulter le programme de sa fille pour indiquer à José, qui était au volant, les rues que nous devions prendre. Nous arrivâmes ainsi sans encombre jusqu'à une grande esplanade rectangulaire. C'était la Beethovenplatz, un des plus grands espaces de la cité, et cet édifice allongé et gris avec un pavillon au centre, énorme, classique, flanqué d'une aile de chaque côté était l'ancien *Gauforum* de Sauckel aujourd'hui rénové. José fit plusieurs fois le tour de la place faiblement éclairée par les réverbères, tourna à un coin de rue et s'engagea dans l'artère que j'avais prévue pour garer la voiture, une ample avenue avec une zone de parking de chaque côté sans panneau de stationnement limité. Nous trouvâmes une place peu avant un croisement. José coupa le moteur. Nous effaçâmes nos empreintes au cas où un contretemps surgirait, puis sortîmes de la voiture avec des fourmis dans les jambes après tant d'heures d'immobilité forcée.

— Nous voilà enfin arrivés, murmura José en jetant un coup d'œil autour de lui.

Un nuage de vapeur s'échappait de sa bouche. Heureusement que nous portions nos costumes isothermes et nos gants de cuir, car autrement nous serions morts de froid. Il devait faire plusieurs degrés au-dessous de zéro. J'étais certaine que mon nez et mes oreilles, gelés, allaient se décoller et tomber par terre d'un instant à l'autre.

José ouvrit le coffre sans bruit, en retira nos sacs à dos bien remplis et m'aida à charger le mien sur mes épaules avant de faire de même. Nos pas nous menèrent vers la Beethovenplatz. Il n'y avait âme qui vive, mais je mis les amplificateurs de son au cas où… Une femme avertie en vaut deux.

La bouche d'égout choisie pour notre descente aux enfers était la plus proche de la porte du *Gauforum* ; cette proximité éliminait toute erreur d'entrée dans les ramifications des galeries directement reliées à l'ancienne résidence du gauleiter. Coup de chance, le couvercle de fer que nous devions soulever était situé dans une zone d'ombre. José posa son sac par terre et sortit d'une poche latérale une pince-monseigneur dont il introduisit l'extrémité inférieure dans la petite ouverture du couvercle, le tirant vers lui d'un coup sec. Il ne fit aucun bruit ou presque mais je crus entendre le tintement d'une cloche de cathédrale. Nous devions nous dépêcher de nous glisser par ce trou, et remettre le couvercle à sa place si nous ne voulions pas être découverts par un passant insomniaque ou une patrouille de la police effectuant sa ronde de nuit.

Je pris mes lunettes à infrarouge et regardai le fond du cloaque. Une petite échelle métallique collée à la paroi descendait vers le fond sur deux mètres environ. Sans réfléchir davantage, je posai le pied sur le premier barreau en passant les lunettes à José pour qu'il puisse remettre le couvercle à sa place et me suivre. L'écho amplifié du frottement de nos gants et de nos semelles sur l'échelle se mêlait à la rumeur lointaine d'un courant d'eau. Dès que José eut refermé la bouche d'égout, d'une main je tirai de mon ceinturon la lampe frontale et la plaçai maladroitement autour de ma tête. José m'imita, et l'étroit cylindre de ciment dans lequel nous nous trouvions s'éclaira soudain, nous dévoilant son aspect sale et désagréable. L'horrible odeur du cloaque me fit regretter de ne pas avoir une bonne sinusite.

Notre descente se terminait par un embranchement spacieux de tunnels assez secs pour nous permettre de poser nos sacs au sol et parachever les derniers préparatifs. Un ouvrier avait oublié une clé anglaise et un rouleau de câble que j'écartai de la pointe du pied avant d'ajuster correctement les courroies de ma lampe, d'enfiler ma cagoule et les bottes. Il était inutile de retirer les vêtements que nous portions sur nos tenues spéciales et qui nous tenaient chaud. Nous vidâmes nos sacs en prenant tout le matériel dont nous allions avoir besoin. Je regardai ma montre : il était quatre heures du matin. D'ici peu, les habitants de Weimar se réveilleraient pour accomplir leurs tâches quotidiennes.

Je pris dans une main la boussole qui servait aussi de thermomètre et d'odomètre et, dans l'autre, un stylo et un support de carton dur sur lequel j'avais placé une feuille de papier à carreaux pour y tracer notre chemin et éviter ainsi de nous perdre ou de repasser indéfiniment par les mêmes endroits. Puis je me retournai vers José, et faillis pousser un cri en le voyant tranquillement assis par terre occupé à pianoter sur l'ordinateur portable d'Amalia, le talkie-walkie que Roi nous avait fourni à portée de main.

— Mais qu'est-ce que tu fais ? m'écriai-je, étonnée, en me penchant pour mieux voir ses étranges manœuvres.

— À quelle heure devait-on contacter Roi ? me demanda-t-il sans répondre à ma question.

— À dix heures. Il nous reste encore six heures. Mais j'aimerais que tu me répondes. Qu'est-ce que tu es en train de faire ?

— J'essaye de joindre Amalia.

Ma mâchoire s'affaissa et j'écarquillai les yeux. Je mis quelques secondes à récupérer.

— Joindre qui ?

— Ma fille, répéta-t-il avec un calme souverain comme si c'était la chose la plus normale du monde.

— Mais ta fille se trouve à plus de deux mille kilomètres d'ici !

— Tu n'as jamais entendu parler du Packet-Radio ?

— Non, qu'est-ce que c'est ?

— Un système de communication entre ordinateurs qui, au lieu d'utiliser les lignes téléphoniques, emploie un moyen de communication fondé sur les émetteurs de radioamateurs. Il faut juste un ordinateur, un modem spécial qui vaut moins de trois mille pesetas, et un émetteur VHF/UHF. Voici le modem, me dit-il, en me montrant une petite boîte mystérieuse. Il permet de convertir les signaux binaires provenant de l'ordinateur en tons ou signaux audio et vice versa. Quant à ceci, ajouta-t-il, en soulevant le talkie-walkie, c'est l'émetteur radio, c'est-à-dire une puissante station de radioamateur. Le seul problème, c'est la vitesse de transmission : plus la distance entre les ordinateurs est grande, plus le signal tarde à arriver parce qu'il doit passer par de nombreux répétiteurs.

— Mon Dieu ! m'exclamai-je en ne trouvant rien d'autre à dire.

Ma tante aurait été contente de m'entendre.

— Et tu peux te connecter à Internet en utilisant ce système ou seulement communiquer par ce réseau particulier ?

— Les deux. La majorité des fournisseurs donne accès à Internet à travers Packet-Radio. Il suffit de le demander. De fait, on utilise les mêmes protocoles de communication, avec entre autres le fameux « TCP/IP[1] ».

— Donc à partir de ces horribles égouts, tu

1. *Transmission Control Protocol/Internet Protocol*, protocole ou « langage » de connexion à Internet. (*N.d.T.*)

peux communiquer avec Amalia qui se trouve chez moi.

— Exactement. J'espère que cela ne t'ennuie pas qu'elle ait connecté un modem semblable à ton ordinateur ?

— Oh ! non, gémis-je.

— Je vais lui envoyer un message pour lui dire que nous sommes bien arrivés.

Je gémis de nouveau, la joue appuyée sur la paume de ma main. J'étais consternée. Mon merveilleux équipement informatique entre les mains de ce monstre de treize ans ! José sourit.

— Je sais pourquoi je t'aime autant, déclara-t-il. Tu as un formidable sens de l'humour.

Je ne pus prononcer une seule parole, naturellement, mais me sentis réconfortée par ce sourire séduisant et ce regard chaud.

— Tu sais, je crois que cela ne va pas durer très longtemps, notre histoire, le menaçai-je avec malice.

— Tu ne crois pas un mot de ce que tu dis, répondit-il très serein en rangeant ses affaires après avoir envoyé le message à sa fille. Nous deux, c'est pour toujours, ma petite !

— On verra !

— C'est tout vu !

Et c'est ainsi, dans la bonne humeur, que commença notre longue marche à travers les galeries. À ce moment-là nous ne nous doutions pas que nous mettrions tant de temps à en ressortir.

Nous marchâmes deux heures durant sans faire de halte par ces tunnels étroits aux murs couverts de briques jusqu'à mi-hauteur et aux plafonds voûtés que nous frôlions de la tête. Devant nous et derrière nous, le noir total. Parfois, nous pataugions dans un petit ruisseau d'eau qui mourait soudain faute d'approvisionnement. Ce tronçon nous mena jusqu'à un autre embranchement de galeries d'où démarraient trois nouvelles pistes aux caractéristiques similaires. Nous prîmes celle du centre par décision collégiale, pour arriver, après trois autres heures de marche, à une impasse : le couloir s'élargissait pour se terminer par un mur fendillé. En proie au plus profond découragement, j'esquissai ce premier tracé sur ma feuille de papier quadrillé.

— Je propose que nous nous arrêtions ici pour prendre quelque chose et nous reposer un peu, déclara José en retirant sa cagoule.

Je fis la même chose.

— Et puis c'est l'heure de contacter Roi.

— Il manque cinq minutes, dis-je en regardant ma montre. Passe-moi le talkie-walkie.

Nous retirâmes nos lampes et les éteignîmes. Une lampe à gaz nous éclairait maintenant. La seule différence avec une joyeuse randonnée champêtre de fin de semaine, c'étaient les mauvaises odeurs qui régnaient alentour. Tandis que José faisait chauffer un peu d'eau sur le réchaud, je programmai la fréquence nécessaire sur l'écran digital, et saluai Roi. Sa voix résonna nettement dans ce réduit souterrain. Il semblait à peine réveillé.

— Bonjour, Roi, dis-je en parlant dans le microphone incorporé de l'appareil.

— Bonjour, Peón. Tout s'est bien passé ?

— Il fait un froid affreux mais à part cela, et le

fait que nous marchons depuis cinq heures, tout va bien.

— Décris-moi votre route.

José, après avoir remué le contenu avec une cuillère, me tendit une tasse de café. J'interrompis la conversation pour lui demander un peu de lait, et poursuivis. Roi avait devant lui le même papier quadrillé que moi, et en suivant les données que je lui fournissais, il dessina un tracé de notre chemin identique au mien. De cette façon, si quelque chose nous arrivait, il pouvait venir nous secourir rapidement.

— Bonne chance, nous dit-il avant de couper la communication.

— À demain.

J'éteignis l'appareil et regardai José. J'aurais aimé être avec lui dans un endroit plus propre, plus confortable, et plus romantique. Il pensait sans doute la même chose car il s'approcha de moi, passa son bras autour de mes épaules et, après m'avoir longuement embrassée, appuya son front contre le mien.

— Qu'est-ce qu'on fait ici, rappelle-le-moi ? me dit-il dans un murmure.

— Nous cherchons un salon d'ambre volé par les nazis, tu te souviens ?

— La seule chose dont je me souvienne, c'est toi dans mon lit.

Je ris.

— Une bonne pensée, observai-je. Prépare-toi pour le moment où nous sortirons d'ici. Je n'en ai pas fini avec toi.

Nous demeurâmes enlacés quelques instants

encore, buvant notre café à petites gorgées. Puis José me lâcha, se leva et s'approcha des sacs.

— Voyons si nous avons un message d'Amalia.

Il alluma l'ordinateur et se connecta au réseau Packet. Il poussa alors une exclamation de joie :

— Regarde, ma chérie ! Amalia nous a répondu.

— Ah ! marmonnai-je en essayant de cacher mon manque d'intérêt.

— « Bonjour, papa, bonjour, Ana, lut José à haute voix, je m'amuse beaucoup. Ezéquiela vous envoie ses amitiés. »

— De ma vie, je n'ai accompli une mission aussi accompagnée ! dis-je en poussant un soupir, de mauvaise humeur.

Je me préparai à nettoyer avec un peu d'eau les tasses et les cuillères. Il faisait un froid si intense que je n'avais même pas eu l'idée d'enlever mes gants. Il n'y a rien de plus difficile qu'essayer de laver la vaisselle avec des mains qui ressemblent à des griffes d'ours. Ma maladresse me mit de plus mauvaise humeur encore. Au fond, l'idée que cette insupportable gamine et ma chère Ezéquiela étaient devenues amies m'agaçait profondément. C'était plus fort que moi.

— Si tu préfères, je peux m'en aller..., me dit José en levant les yeux de l'écran.

Je m'arrêtai et le regardai. Je compris que je venais de me montrer terriblement injuste.

— Je suis désolée, me justifiai-je, mais recevoir les amitiés de ma gouvernante alors que je suis en pleine mission, que veux-tu, il faut que je m'y habitue !

Je m'assis à ses côtés.

— Continue, s'il te plaît. Je te promets de ne plus recommencer.

José me posa un baiser rapide sur le front et se pencha de nouveau vers l'ordinateur. Sa facilité à remettre les compteurs à zéro me surprit. J'étais d'un caractère plus rancunier. À sa place, j'aurais fait un scandale et je n'aurais pas lâché le morceau avant plusieurs heures.

— « Comme j'ai beaucoup de temps libre, j'ai conçu un programme pour suivre votre chemin et savoir où vous êtes… », poursuivit José.

— Avec mon ordinateur, évidemment ! grognai-je en me levant brusquement comme si une abeille m'avait piquée.

— Ana, s'il te plaît, arrête de te comporter comme une enfant mal élevée !

— Je regrette, excuse-moi, continue.

Mon Dieu ! Avec mon ordinateur !

— « Aussi, papa, envoie-moi les données de votre parcours. Dis-moi combien de kilomètres vous faites à chaque trajet, et dans quelle direction vous allez, ainsi que tous les détails qui me permettront de dessiner peu à peu votre itinéraire. » José s'arrêta. Nous n'avons qu'à lui envoyer les mêmes informations qu'à Roi.

— Et pour quelle raison ?

— Elle s'inquiète. Nous suivre ainsi, même virtuellement, la tranquillisera.

— Mais notre portable ne dispose d'aucune protection, c'est trop dangereux.

— Il ne faut pas exagérer. Nous ne lui enverrons que des chiffres, des lettres et des symboles.

Elle comprendra. Laisse-moi faire, tu verras, il n'y aura aucun problème. Allez, passe-moi tes notes.

— Elle dit quelque chose d'autre ? demandai-je en me levant pour ramasser nos affaires.

— Juste « Um beijo », elle nous embrasse.

— Bon, alors vas-y, éteins ce truc et on va travailler un peu avant de dormir. Au réveil nous rebrousserons chemin jusqu'au croisement des galeries.

José envoya les données de notre route à sa fille, puis m'aida à sonder à coups de poing les murs du tunnel dans lequel nous nous trouvions. Le document rédigé dans les années soixante par l'ingénieur de la municipalité de Weimar parlait de murs doubles, de couloirs murés, de planches métalliques, de faux plafonds... Nous devions donc tout vérifier, ne rien tenir pour acquis : n'importe quelle paroi pouvait cacher l'entrée de la salle où Sauckel et Koch avaient dissimulé le salon d'ambre. Après d'infructueux tambourinements, je sortis du sac à dos le petit magnétomètre et l'appliquai sur les briques, traçant des lignes droites sur toute la superficie des murs. Aucun creux ne se révéla. Nous étions entourés de plusieurs mètres de bonne terre.

Le long voyage, la descente aux égouts et les nombreuses heures de marche nous avaient épuisés. Le sac de couchage me parut aussi merveilleusement douillet que mon propre lit. Ce qui était dommage, c'est que pour obtenir un meilleur isolement contre le froid et l'humidité, nous n'avions pas pu emporter de sacs à fermeture Éclair qui peuvent s'unir pour laisser place à deux personnes. Malgré tout, nous nous allongeâmes si près l'un de l'autre que je pus sentir le souffle de José jusqu'à ce que je finisse par m'endormir.

Six heures plus tard, le réveil fut difficile. Nos corps étaient courbaturés, et il faisait terriblement froid — moins cinq degrés, indiquait le thermomètre. Bien que protégés par nos vêtements, il n'était pas agréable de respirer cet air pestilentiel et glacé qui passait à travers nos cagoules.

Nous reprîmes la marche d'un bon pas pour retrouver l'embranchement de galeries que nous avions laissé le matin. Cette fois, notre choix se porta sur le tunnel de gauche. Il commençait par tracer un demi-cercle vers la droite, s'interrompait brusquement sur une large galerie puis prenait de nouveau la direction contraire. Il nous fallut quatre heures pour parcourir ce monotone chemin étroit. Je décidai de faire une pause en profitant d'une large niche dans le mur où nous nous arrêtâmes pour prendre quelque chose et nous reposer. À notre grande surprise, en examinant le creux avant de repartir, nous découvrîmes deux vieux portillons en bois gonflé et crevassé d'où démarraient deux nouveaux tunnels. Le premier nous conduisit, trois jours plus tard, jusqu'au croisement de galeries que nous avions déjà traversé à deux reprises. Il nous fallut recommencer…

Peu à peu, au fur et à mesure que les jours passaient, la fatigue nous rendait moins attentifs aux pièces que nous découvrions sur les côtés ou aux bouts de ces longs couloirs boueux. Ce labyrinthe incohérent, sans queue ni tête, finissait par nous taper sérieusement sur les nerfs et épuiser notre patience. Les feuilles quadrillées sur lesquelles je traçais notre route formaient maintenant un cahier d'une certaine épaisseur sans que nous ayons trouvé quelque chose d'intéressant. Il y eut bien plusieurs fois des plaques métalliques mais elles n'étaient qu'une continuation du passage par lequel nous venions d'arriver. À deux reprises il nous fallut rebrousser chemin vers le croisement antérieur de collecteurs après être descendus la première fois jusqu'au fond d'une énorme citerne vide et avoir traversé, la seconde, un pont qui nous mena jusqu'à l'une de ces nombreuses impasses qui parsemaient le réseau. Ce lieu m'avait rappelé le tableau peint par Koch, le prophète sortant du puits de boue, comme si le gauleiter s'était inspiré de ces tunnels pour situer son personnage.

La barbe de José nous servait d'indicateur du temps qui s'écoulait sans que nous pussions accomplir notre mission. Il nous restait encore suffisamment d'aliments et d'eau pour continuer dans ce dédale diabolique, mais le désir de poursuivre notre quête semblait se tarir de manière inquiétante. Roi nous encourageait pourtant à chacune de nos communications avec un enthousiasme croissant. Il nous disait que l'assemblage des feuilles, qu'il collait les unes aux autres pour mieux voir le dessin général, prouvait que nous avions épuisé le réseau de distribution nord et est, ce qui réduisait considérablement le nombre de kilomètres restants pour terminer le parcours complet. Cette nouvelle, apprise après neuf jours passés sous terre, ne nous donna pas beaucoup d'énergie. Nous nous sentions épuisés, sales et frustrés, et nous n'arrivions pas à penser à autre chose qu'à rentrer chez nous au plus vite. Nous avions la sensation que cela faisait une éternité que nous n'avions pas vu la lumière du jour. Ni les encouragements de Roi ni la vivacité d'Amalia ne parvenaient à nous tirer de notre apathie. La mission se transformait en un cauchemar interminable.

Le onzième jour, le jeudi 12 novembre, je me réveillai légèrement fiévreuse. J'avais attrapé un bon rhume. En dépit d'une forte migraine, je m'obstinai à marcher mais au bout de quelques heures, mes jambes commencèrent à flancher. Je n'en pouvais plus, tout bonnement. José prit mon sac et me soutint par la taille jusqu'à ce que nous retournions au dernier embranchement de galeries par lequel nous étions passés, une sorte de salle ovale assez sèche. Il déroula mon sac de couchage, m'aida à m'y allonger, me prépara un bouillon bien chaud, et me donna deux comprimés de paracétamol.

— Cela va te faire du bien..., me dit-il tout en me caressant la joue d'un air triste.

— Ne dis rien à Roi, lui demandai-je à moitié endormie. C'est l'affaire d'une journée, vraiment. Tu vas voir. Il suffit que je dorme un peu, et demain je serai rétablie.

Ce qu'il y a de bien dans un couple, c'est que, lorsqu'on tombe malade, on reçoit non seulement les soins physiques nécessaires — mais cela, n'importe qui peut les fournir, comme par exemple n'importe quelle vieille gouvernante pesante et ennuyeuse —, mais aussi les câlins et ces gestes de tendresse qui vous font vous sentir comme une véritable reine de Saba… José, inquiet, se montra plein de sollicitude à mon égard et me soigna comme si j'étais le plus apprécié et délicat de ses exquis jouets mécaniques. Évidemment, je me laissais faire sans opposer la moindre résistance. Dans mon demi-sommeil, je l'entendis allumer le talkie-walkie et l'ordinateur, et parler avec Roi. Il lui expliqua que nous nous étions arrêtés pour nous reposer, et que nous resterions là jusqu'au lendemain. Mais ce que je perçus avec la plus grande clarté fut la bruyante exclamation qu'il laissa échapper au moment même où je rêvais que nous sortions de cet immense cloaque par une bouche d'égout qui se trouvait au centre de la place du Mercado Chico d'Avila.

— *Que perfeita inteligencia !* s'écria-t-il joyeusement. *Que facilidade, que simplicidade !*

— Mon Dieu ! dis-je en me tournant avec difficulté dans mon sac pour mieux le voir, mais que se passe-t-il ?

— Ma chérie ! Ma chérie ! cria-t-il.

L'écho fit résonner sa voix comme dans un film d'horreur.

— Ma fille a résolu l'énigme ! Je le savais, je le savais ! Tu me crois maintenant, hein ? Je te l'avais dit, non, qu'elle était terriblement intelligente ?

— Oui, oui, tu me l'as dit.

Ses yeux brillaient à la lumière de la lampe à gaz et il était si beau qu'un instant j'oubliai à quel point j'étais malade, et je fus prise d'une envie irrésistible de le croquer avec sa barbe et tout. Curieux, non, de voir comment les hormones réagissent aux moments les moins opportuns ?

José s'empara du talkie-walkie et de l'ordinateur puis s'approcha de moi :

— Regarde ! Regarde ! me pressa-t-il.

— Je ne vois rien, mon chéri… Je te rappelle que…

— Les tunnels forment un dessin précis. Ce labyrinthe cache une croix gammée. Cela fait deux fois que nous sommes passés ici et nous ne nous en sommes pas rendu compte.

— Comment ça ? Je ne comprends pas !

Pour toute réponse, José reprit le message d'Amalia :

— Voyons… Où est-il… ? Ah ! voilà. Écoute : « Le cinquième jour dans l'après-midi… » Prends la feuille du cinquième jour ! « … le cinquième jour, au kilomètre six… » Ana, s'il te plaît, qu'est-ce que tu attends pour sortir la feuille ?

— Je suis malade, je te le rappelle ! protestai-je avec ma dernière énergie.

— Mais c'est vrai, mon amour ! J'oubliais, s'excusa José, très surpris.

Il posa l'ordinateur sur mon ventre et d'un bond se mit debout pour placer son sac de couchage sous ma tête en guise d'oreiller. Il reprit le portable et le remplaça par mon carnet de notes.

— Voilà, dit-il satisfait.

Je le regardai comme une bête curieuse.

— Voyons, ma chérie, cherche la feuille du cinquième jour, m'encouragea-t-il avec un sourire enjôleur.

J'ouvris le petit cahier et sortis la page avec le chemin désiré.

— Kilomètre six, confirmai-je en posant la pointe du stylo sur la marque.

— « … vous avez dessiné une sorte de casserole avec un manche allongé qui partait de l'extrémité supérieure droite. » Tu le vois, Ana ?

— Oui, je l'ai, dis-je en repassant plusieurs fois le crayon sur la figure indiquée par Amalia pour qu'elle ressorte mieux.

— « C'est la même forme, mais inversée, que celle du kilomètre huit que vous avez parcouru hier après-midi… » Hier, la feuille d'hier, tu l'as ?

— Oui, oui, je l'ai. Laisse-moi trouver ce maudit kilomètre. Ah ! Le voilà.

Et je repassai de nouveau avec mon crayon l'image inversée de la casserole.

— « Si vous unissez les deux figures par la base et faites ensuite glisser celle du bas vers la droite de sorte que les chemins des deux feuilles soient parfaitement unis, vous verrez qu'au centre se forme une croix gammée. »

— Une croix gammée ! m'exclamai-je en confirmant la justesse de la révélation d'Amalia. Regarde, José, une croix gammée, un authentique svastika !

— C'est extraordinaire ! Il faut prévenir Roi tout de suite. Nous avons trouvé l'entrée !

— Ta fille a trouvé l'entrée, le corrigeai-je à contrecœur.

Amalia était un génie, cela ne faisait aucun doute, mais en voyant son père entamer ce qui devait être une variété de danse de la pluie indienne dans cet aqueduc souterrain, on pouvait sérieusement se demander si la fille ne ressemblait pas surtout à sa mère.

— José, arrête, tu me donnes le tournis !

— Lève-toi, Ana, il faut fêter cela !

Il n'eut pas besoin de me le répéter. Je sortis de ma chrysalide et commençai à danser avec lui en l'honneur du grand manitou, folle de joie. Je me sentais guérie de mon léger rhume, guérie de la fatigue accumulée durant ces onze jours que nous avions passés sous terre, dans ces égouts, de la saleté et du désespoir. Sauckel et Koch s'étaient crus très intelligents en dessinant une immense croix gammée dans ce labyrinthe démesuré, mais nous étions encore plus malins au Club d'échecs, enfin du moins nos descendants. Aucune énigme ne nous résistait ! L'idée d'un hasard architectonique ou d'un faux espoir ne nous effleura même pas. L'entrée se trouvait là, nous en étions certains.

Notre rendez-vous quotidien avec Roi ne devait pas avoir lieu avant trois heures. En attendant de lui annoncer la bonne nouvelle, nous ramassâmes nos affaires et commençâmes à marcher vers la croix gammée qui se trouvait à moins de cinq kilomètres. Cette fois, oui, nous perçûmes les différences avec le reste des tunnels : à peine étions-nous entrés dans le bras inférieur horizontal que nous comprîmes qu'aucune eau n'était jamais passée par là. La fine couche de sable qui couvrait le sol conservait encore nos empreintes laissées la veille. Les murs recouverts de béton jusqu'à mi-hauteur dans le reste des ramifications pour renforcer les parois, encadrant le passage de l'eau, étaient ici nus. Les parois poreuses étaient recouvertes de taches d'humidité et de colonies noires de moisissure. Il paraissait impossible que nous ayons négligé, en passant par là la première fois, tant d'éléments qui distinguaient les galeries faisant partie du svastika du réseau des égouts de Weimar.

Une tâche épuisante nous attendait : nous allions devoir passer le magnétomètre le long de tous ces mètres de murs, sols et plafonds. Chaque bras de la croix faisait quatre kilomètres, et les traverses six kilomètres et demi. Mais nous n'avions pas le choix : quelque part, dans ce maudit emblème nazi, se trouvait l'entrée que nous cherchions. Nous ne pouvions plus reculer maintenant en prétextant la fatigue ou la lassitude.

Nous prîmes contact avec Roi à l'heure convenue, onze heures du soir, et lui racontâmes notre découverte. Il se montra enthousiasmé. Malgré la prudence habituelle qu'il affichait dans toutes ses communications, et qui le conduisait à se montrer chiche en paroles, il demanda à José de le mettre au courant de tous les détails. Il voulut savoir comment nous avions découvert le tracé du svastika. Il semblait déçu de ne pas l'avoir vu lui-même alors qu'il avait le plan complet des tunnels sous les yeux. Il nous proposa de commencer les recherches par le centre au lieu des extrémités. Il lui paraissait plus logique de placer là l'entrée. Évidemment, José ne souffla mot d'Amalia dans ses explications, et m'attribua tout le mérite de la découverte en omettant de mentionner également que j'avais de la fièvre. Je frissonnais sous mes vêtements, j'avais le corps brûlant et mes yeux se fermaient, pris d'une léthargie incontrôlable.

Je dormis mal cette nuit-là. Je fis d'horribles

cauchemars dans lesquels je me voyais mourir ou je voyais mourir José, Ezéquiela, ma tante Juana, et Amalia. Personne n'eut la vie sauve, et bien que l'on dise que ce genre de rêve signifie dix ans de vie supplémentaires, je me réveillai de très mauvaise humeur avec des envies de m'acheter un hectare de bois et d'aller m'y perdre pour toujours ; mais il est différent de se réveiller seule et de se réveiller aux côtés d'une personne qui vous aime assez pour vous remettre les idées en place.

— J'en ai assez, Ana ! Que t'arrive-t-il maintenant ? Pourquoi cette mauvaise humeur ? Vraiment, je ne pensais pas que tu serais aussi irresponsable et impertinente ! Tu ne peux pas faire un petit effort pour te maîtriser ? Tout le monde a toujours dû céder à tes caprices, c'est ça ? Bien sûr, tu as toujours fait ce que tu voulais sans que personne ne te dise jamais rien. Alors, écoute bien ce que je vais te dire, ma jolie : je ne supporterai pas cela. Tiens-le-toi pour dit !

— Mais…

— Il n'y a pas de « mais » qui tienne. Au travail ! Nous reparlerons de tout cela quand nous rentrerons à la maison… Enfin, quand nous serons de retour chacun chez soi, je veux dire.

Le centre de la croix gammée représentait un cube d'une soixantaine de mètres carrés sans murs, les quatre côtés étant formés par les bouches des galeries, avec le plafond voûté situé à deux mètres environ de hauteur et le sol pavé recouvert de terre meuble et glissante. José posa la lampe à gaz juste au milieu et ouvrit le robinet à fond. Le gigantesque carrefour s'illumina d'une splendeur ténébreuse.

— Une pièce pourrait tenir entre le plafond et l'asphalte de la ville, il y a suffisamment de place, commenta José d'un air songeur, la tête levée.

— Je ne crois pas, répondis-je d'une voix douce, encore sous les effets de la dispute. À mon avis, il n'y a pas tant de place que cela, et puis n'importe quel chantier sur la rue risquerait de mettre au jour la cachette. Il est plus logique de supposer qu'ils ont creusé vers le bas.

— Dans ce cas, examinons le sol.

Nous repoussâmes la terre avec les semelles de nos bottes en donnant des coups de pied ici et là pour découvrir un indice. Mais ce fut inutile. Nous avions soulevé un terrible nuage de poussière pour rien, le sol ne présentait aucune fissure… Nous nous regardâmes d'un air désolé.

— Il va falloir examiner toute la croix, gémis-je en m'approchant de José.

— Je ne crois pas, marmonna-t-il en me passant le bras autour des épaules. Il y a encore un endroit que nous n'avons pas vérifié.

Je levai les yeux sur lui, très surprise. Il souriait, son regard posé sur la lampe à gaz.

— Le centre, compris-je aussitôt, nous n'avons pas vérifié le centre !

José déplaça la lampe et découvrit le cercle de terre que nous avions laissé tout autour par inadvertance. Peu à peu apparut un couvercle rond en métal.

— L'entrée ! m'écriai-je enthousiaste, José, ça y est, nous avons trouvé l'entrée !

Le couvercle était si lourd qu'il fallut conjuguer nos efforts pour pouvoir le soulever à l'aide de la pince-monseigneur. Finalement, nous le déplaçâmes de quelques centimètres avec un bruit sec et métallique que l'écho multiplia jusqu'à l'infini. Un passage sombre comme un puits avec des marches étroites et à moitié en ruine descendait vers le fond.

— Je vais aller jeter un coup d'œil, décida José en posant un pied incertain sur la première marche.

— Sois prudent.

Je lui tendis sa lampe frontale et pendant qu'il l'ajustait, je nouai l'extrémité d'une corde à sa taille.

— Je ne serai pas long, affirma-t-il en me regardant fixement avant de se glisser dans l'ouverture.

Je passai les minutes suivantes dans une terrible angoisse. La corde glissait entre mes doigts, signe certain que José descendait. Je me repentis mille fois de l'avoir laissé faire : il n'avait aucune expérience de ce genre d'activités, j'étais la mieux préparée pour les travaux dangereux. Quand il n'y eut plus de corde, je donnai un coup sec pour que José s'arrête. J'hésitai entre le faire remonter ou nouer un autre rouleau pour lui permettre de continuer. La seconde option s'imposa naturellement. Nous étions trop avancés maintenant pour reculer. Il fallut encore dix ou quinze mètres de grosse corde de sparte avant que José ne touche le fond. Alors seulement sa voix, à peine audible, m'appela :

— Ana ! Descends !

Je n'avais aucune envie d'aller me glisser dans

ce trou infect mais j'obéis néanmoins. Je pris la lampe frontale et commençai la descente. Plus j'avançais, plus la galerie se faisait étroite et l'humidité suffocante et chaude. Je comptai deux cent trente marches avant de rejoindre José.

— Ouf ! c'est pire que le cinquième étage d'un parking souterrain. Et ça sent aussi mauvais !

Devant nous, à deux mètres, une porte métallique.

— Tu as essayé de l'ouvrir ?

— Non, c'est toi la spécialiste.

— La galanterie se perd…

La porte, une simple plaque métallique comportant des gonds et une poignée, était fortement encaissée.

— Je regrette, dis-je en haussant les épaules, mais c'est une affaire d'homme.

En marmonnant à voix basse, José la tira d'un coup sec vers l'arrière en ouvrant un petit passage.

— Après vous, madame.

— Bien aimable, monsieur.

Mon cœur battait la chamade. Allions-nous enfin trouver les trésors de Koch ? Je suppose que je m'attendais à voir une sorte de grande salle ou de dépôt, avec des piles de caisses emballées montant jusqu'au plafond. Mais seul un vieux bureau poussiéreux nous attendait. On distinguait les lugubres silhouettes de fauteuils usés, une table pour écrire, un portemanteau dans un coin avec une veste noire accrochée et, dans un creux du mur, quelques étagères en bois qui croulaient sous le poids d'une douzaine de livres usés. Que diable faisait tout cela à cinquante mètres sous terre ?

— Alors, qu'est-ce que tu vois ? me demanda José d'un ton impatient.

— Si je te le dis, tu ne me croiras pas. Il vaut mieux que tu vérifies par toi-même.

En s'aidant des deux mains, il donna une poussée brusque et parvint à ouvrir un peu plus la porte, suffisamment pour se glisser à son tour à l'intérieur de la petite pièce. Il lâcha un long sifflement prolongé.

— Caramba ! Ça, c'est une véritable surprise !

Il s'approcha de la table sur laquelle reposait une élégante écritoire couverte de poussière et de toiles d'araignées et je l'entendis remuer quelque chose de métallique et de lourd.

— Que fais-tu ? lui demandai-je en m'approchant.

Il tenait entre les mains une petite lampe, qui bien entendu refusait de répondre aux violentes pressions qu'il exerçait sur l'interrupteur.

— S'il y a une lampe, cela signifie qu'il doit y avoir de l'électricité ! s'exclama-t-il d'un ton fâché.

— Oui, mais ce n'est pas en brutalisant cette lampe que cela marchera. Laisse-moi voir… Le générateur doit se trouver quelque part. Suivons le câble. Tu vois ? lui dis-je en lui montrant le cordon électrique, c'est par là. Il suffit de le suivre.

Le vieux fil disparaissait par un petit trou situé sur une grosse porte de bois près du portemanteau. Nous découvrîmes derrière une magnifique salle de bains avec un grand miroir au-dessus du lavabo et une superbe baignoire avec rideau. Cette vision nous remplit d'allégresse comme si nous pouvions retirer nos vêtements et prendre cette douche tant rêvée qui nous rendrait notre vitalité. Je contemplai mon reflet dans le miroir, il me parut très étrange. J'avais presque oublié quelle apparence j'avais. Nous tournâmes les robinets et l'eau commença à couler, sale et marron au début mais cristalline et froide comme la glace après. Une vieille savonnette avait même été abandonnée dans un coin. Une autre porte située entre le lavabo et la baignoire nous conduisit jusqu'au générateur de courant, caché dans un énorme cube de ciment. Deux puissants moteurs Daimler-Benz, montés chacun sur des contreforts de mortier, tirés probablement d'anciens camions allemands de transport, servaient à alimenter le vieux générateur électrique. Au fond, des bidons et des boîtes de conserve couvraient tout le mur.

— Tu crois qu'ils marchent encore ? demandai-je à José, préoccupée. Tout ce matériel doit avoir plus de soixante ans.

José me donna un baiser rapide et fit le geste de se remonter les manches pour se mettre au travail.

— Fais-moi confiance. Les machines, c'est mon affaire.

— Les jouets mécaniques, peut-être, mais il s'agit de moteurs, ici, qui datent de la Seconde Guerre mondiale.

— Femme incrédule, éclaire-moi avec ta lampe !

Il fit plusieurs fois le tour des moteurs, enfonça les bras jusqu'aux coudes dans différentes rainures, vérifia les niveaux, lava soigneusement des bougies, des bobines et essaya finalement de les faire démarrer. On entendit un bref cliquetis, une rotation étouffée et… Voilà. Il n'y eut rien d'autre.

— Que se passe-t-il ?

— Je n'en sais rien, marmonna José, et il se plongea de nouveau dans une étude approfondie de la question.

Je l'éclairai une demi-heure durant, en tournant la tête pour suivre ses mouvements brusques d'un endroit à l'autre. J'en avais le tournis et, comme il ne parlait pas du tout, je m'ennuyais à mourir.

— Tu comprends ce qui se passe, José ?

— Non ! Sale machine ! Je ne sais pas... Tout est en parfait état de conservation. J'ai tout nettoyé, du carburateur au dernier écrou. Il semble n'y avoir aucun défaut. Les moteurs devraient marcher !

Je me grattai lentement la nuque et déclarai, pour dire quelque chose :

— Ils manquent peut-être tout simplement d'essence ?

Deux yeux furibonds me fixèrent. Je soutins ce regard d'un air de parfaite innocence tandis que José plantait son halogène devant moi.

— Qu'as-tu dit ?

— Rien, rien.

— De l'essence ! Mais bien sûr !

Il dévissa le couvercle des réservoirs et les secoua en penchant l'oreille.

— Vides ! Ils sont totalement vides ! Viens ici, mon amour, tu es un génie !

— Je savais bien que tu finirais par t'en rendre compte.

— Aide-moi, s'il te plaît. Tu prends ces jerricans et tu me les passes, d'accord ?

— Ah ! les bidons.

— On dit « jerrican ». Ces bidons, comme tu dis, furent fabriqués par les Allemands pendant la guerre. Leur nom vient des Anglais qui surnommaient les Allemands les « Jerries ». Ils sont fantastiques. D'ailleurs, on continue à les utiliser aujourd'hui. Ils sont étanches et le couvercle sert d'entonnoir quand tu le retournes.

Il dévissa le premier couvercle et, comme il l'avait dit, s'en servit pour verser le liquide dans le réservoir du premier moteur. L'odeur intense du combustible s'étendit autour de nous comme le parfum d'encens dans une église. Il semblait impossible que ce liquide bleuté eût résisté au passage du temps, mais José m'apprit que l'essence contenue dans les jerricans non seulement ne s'évapore pas mais conserve toutes ses propriétés volatiles et inflammables. Une fois le plein fait, il fit une nouvelle tentative. Des étincelles jaillirent des électrodes des bougies et, après quelques secousses, convulsions et crépitements, on entendit enfin le rugissement vigoureux des Daimler-Benz produisant de l'énergie mécanique en abondance. Le générateur soupira comme un vieux phtisique puis en prenant son élan se lança au travail avec un zèle enthousiaste. Les lumières au plafond s'allumèrent d'un coup, aveuglant nos yeux accoutumés à la pénombre et transformant ce cube de ciment en une brillante rue nocturne digne de Las Vegas.

— Oh ! je ne vois plus rien, m'exclamai-je en me couvrant le visage des mains. Je suis aveugle !

— Tu exagères toujours, se moqua José en me

serrant contre lui et en m'entourant la tête de ses bras.

— Moi, exagérer ? murmurai-je par un petit trou.

Peu à peu, nous nous adaptâmes à la luminosité et finîmes par éteindre nos lampes pour contempler, surpris, notre environnement comme s'il s'agissait d'un lieu neuf que nous venions de découvrir. Nous revînmes sur nos pas en passant de nouveau par la merveilleuse salle de bains qui paraissait, maintenant qu'elle était éclairée, aussi sale et moisie que les toilettes d'une vieille gare désaffectée. José passa devant moi et alluma toutes les lumières du bureau avant que je n'y entre.

— Qu'en penses-tu ? me demanda-t-il en tournant sur lui-même les bras étendus.

Des taches d'humidité noircissaient les parois décrépies.

— Je pense que sous toute cette saleté nous pouvons trouver des choses intéressantes.

— Répartissons-nous le travail : je vais remonter aux galeries pour prendre nos sacs à dos, et pendant ce temps, tu examines la pièce, décida-t-il, et il disparut par la porte métallique.

Je contemplai le vieux bureau avec un geste de fatigue. Qui avait ordonné de le construire et l'avait occupé plus d'un demi-siècle auparavant ? Qui s'était assis sur cette chaise, habillé de cette veste de cuir noir, en lisant ces livres qui sentaient le papier moisi ? Sauckel... ? Oui, Sauckel, sans aucun doute, Fritz Sauckel, gauleiter de Thuringe, ministre plénipotentiaire du Reich, responsable du KZ-Buchenwald de Weimar dont les prisonniers avaient construit, pour lui et pour Koch, la chambre forte la mieux conçue du monde. Et comme pour toute chambre forte, me dis-je, il devait exister quelque part une serrure de sûreté dont seuls Sauckel et Koch connaissaient la combinaison. Peut-être se trouvait-elle dans ce bureau situé au centre de la croix gammée occultée dans le tracé du réseau d'égouts de la ville ?

Je me mis à fouiller les tiroirs. Dans le premier, je trouvai un porte-documents contenant des factures jaunies signées par Sauckel, ce qui démontrait la justesse de mes suppositions antérieures, ainsi que l'exemplaire d'un journal autrichien, le *Volkszeitung*, daté du 20 avril 1942, dont je pus à peine lire les titres à cause de ces indéchiffrables caractères gothiques que les nazis aimaient tant. La date était soulignée de traits rouges. Le deuxième tiroir était vide et dans le dernier, abandonné comme s'il s'agissait d'un vieux souvenir touristique, un curieux buste de cire de Hitler de la taille de mon poing avec les cheveux et la moustache peints en noir, et un magnifique porte-cigarettes d'argent avec une carte de la Prusse-Orientale gravée dessus, sous laquelle, bordée d'un dessin de feuilles de chêne, on pouvait lire l'inscription OSTPRUSSEN, DIE SCHUTZKAMMER DES VOLKES ou, ce qui revient au même, « Prusse de l'Est, protectrice des peuples ». Je l'ouvris et trouvai trois cigarettes rancies. Dans la partie inférieure du couvercle était gravée une reproduction de la signature de Erich Koch avec le mot gauleiter dessous. L'objet était très élégant, il devait s'agir d'un cadeau spécialement fabriqué pour les amis et dirigeants politiques de la plus haute hiérarchie nazie. Dans un coin, je trouvai le sceau de la marque du fabricant : *Staatliche Silber Manufaktur Königsberg Pr.*

Les rayonnages offraient une vision plus divertissante. Je m'amusai à contempler les œuvres que Sauckel avait jugé bon d'emporter dans cette bibliothèque personnelle de taille réduite. Je l'imaginai, ennuyé et préoccupé, regardant filer les heures, assis dans ce bureau pendant que les prisonniers suaient sang et eau pour construire sa caverne d'Ali Baba. Y aurait-il un panneau secret qui s'ouvrirait si je criais assez fort : « Sésame, ouvre-toi ! » ? Je n'admettrai jamais avoir essayé, je dirai seulement que peu après, je continuai à regarder les livres de Sauckel. Au début, je ne reconnus que les noms de quelques auteurs, mais rapidement, je pus traduire les titres après avoir retiré avec des mouchoirs en papier l'épaisse couche de poussière qui recouvrait les couvertures et les tranches. Je trouvai *Les Infortunes du jeune Werther* et le *Faust* de Goethe, *La Théorie de la relativité d'Einstein* de Max Born, publiée en 1920, l'édition revue du *Déclin de l'Occident* d'Oswald Spengler ; les deux épais volumes du *Voyage au bout de la nuit* de Céline que j'avais terminé quelques semaines plus tôt à Avila, et dont j'avais menacé Ezéquiela quand elle était entrée dans ma chambre pour me parler de mon horloge biologique. Et enfin *À la recherche du temps perdu*, le chef-d'œuvre de Marcel Proust, en sept volumes de vélin, les titres gravés en lettres dorées. Sauckel apparaissait comme un lecteur exigeant, aux goûts choisis et éclectiques. Jamais je ne cesserai de me demander comment des esprits d'une telle nature ont pu céder aux sirènes d'une idéologie aussi histrionique et délirante que celle du national-socialisme.

— Tu as trouvé quelque chose d'intéressant ? me demanda soudain José en me faisant sursauter alors que j'étais perdue dans mes pensées.

— Tu m'as fait peur ! protestai-je en me retournant vers lui.

— Je suis désolé, ce n'était pas du tout mon intention. Mais je te rappelle qu'il n'y a pas de sonnerie ici. Alors dis-moi, tu as trouvé quelque chose ?

— Rien, soupirai-je d'un ton résigné en remettant à sa place le livre que je tenais entre les mains. Il n'y a rien ici. Quelques livres, un porte-cigarettes en argent… Rien de particulier.

— Ce n'est pas logique. Il y a un trésor caché quelque part ; nous sommes arrivés jusqu'à ce bureau souterrain en suivant une toile d'araignée complexe remplie de fausses pistes. Il doit y avoir quelque chose ! Tu as cherché sur les murs une ouverture occulte, un panneau qui bouge, un compartiment caché… ?

— En fait, pour l'instant, je n'ai examiné que le bureau, me justifiai-je.

José avait raison. Ici, quelque part autour de nous, se trouvait l'entrée de la chambre secrète où Koch et Sauckel avaient caché les trésors volés en Russie pendant la guerre. Des milliers d'œuvres d'art d'une valeur inestimable, parmi lesquelles le fameux salon d'ambre du tsar Pierre le Grand, la huitième merveille du monde, l'incroyable et légendaire *Bernsteinzimmer* fait de panneaux d'ambre doré de la Baltique.

— Bon, je propose que nous mangions quelque chose et qu'ensuite nous nous mettions au travail.

La montre indiquait treize heures.

— Nous devons d'abord contacter Roi, lui rappelai-je.

— Ne t'inquiète pas, on va le faire tout de suite.

Tandis que je préparai notre délicieux repas à base d'aliments lyophilisés — j'en avais assez de cette nourriture, je rêvais d'un bon plat de pâtes avec beaucoup de fromage dessus —, José retira l'emballage des appareils et je l'entendis appeler Roi à plusieurs reprises.

— Que se passe-t-il ? dis-je, surprise.

— Roi ne répond pas.

— Ce n'est pas possible. Essaie encore. Tu as bien marqué la fréquence ?

— Évidemment, mais je ne reçois pas de signal.

— Nous sommes peut-être trop bas.

— Cela ne devrait rien changer. Cet équipement est très puissant.

— Est-il possible que tu l'aies abîmé ?

— Je ne sais pas, répondit-il songeur. Je vais voir si Amalia nous a envoyé un message. Comme ça je pourrai vérifier si l'appareil est endommagé ou pas.

Il connecta l'ordinateur au talkie-walkie.

— Eh bien non, pas de message d'Amalia..., annonça-t-il encore plus déconcerté. Pourtant tout a l'air de marcher parfaitement. J'ai pu entrer dans le réseau Packet sans problème.

— C'est bizarre. Essaie encore avec Roi.

Il n'eut aucun succès. Nous nous regardâmes, paralysés par la stupeur. Pour la première fois depuis le début de la mission, nous nous sentions véritablement seuls et désemparés comme si le monde extérieur avait disparu et que nous étions les uniques survivants d'une catastrophe mondiale.

— Ne nous inquiétons pas inutilement, m'exclamai-je soudain, fâchée contre mes craintes absurdes. Il se peut que Roi ait abîmé son talkie-walkie, qu'il ait laissé passer l'heure de la connexion, qu'il ait été obligé de manquer ce rendez-vous... Et il se peut très bien qu'Amalia ait cassé mon ordinateur et soit en train de le réparer à toute vitesse pour éviter que je ne l'étrangle de mes propres mains dès que nous serons sortis d'ici.

— Tu as peut-être raison... Nous essaierons un peu plus tard.

Nous mangeâmes sans cesser de plaisanter sur notre stupide situation. Selon José, nous n'arriverions jamais à sortir de ce labyrinthe et nous finirions par créer une race d'humains accoutumés à vivre sous terre. Quand dans mille ou deux mille ans ceux d'en haut découvriraient notre ville, ils entendraient parler des premiers Adam et Ève qui en réalité, dans la mythologie souterraine, s'appelleraient José et Ana.

— Il y a quelque chose qui me tarabuste depuis un bon moment..., dis-je en profitant d'un silence dans tout ce tissu de sottises. S'il est vrai que les œuvres d'art venues de Königsberg, y compris le salon d'ambre, se trouvent ici, cachées dans ces tunnels, comment ont-ils réussi à les faire passer par les bouches d'égout ? Certaines galeries sont énormes, c'est vrai, mais les entrées, cette porte même, sont très petites.

— Cela ne me paraît pas si compliqué. J'imagine que la construction de cette structure a commencé au début de la guerre. Tu te souviens que Koch était à la tête des premiers détachements de travailleurs forcés qui sont arrivés à Weimar pour bâtir Buchenwald, et qu'il se lia d'amitié avec Sauckel à cette époque ? Selon toute probabilité, quand les nazis ont commencé le pillage de la Russie en 1941, Koch et Sauckel ont saisi l'occasion pour mettre en place cette incroyable machination. Je mettrais ma main au feu qu'ils ont d'abord rempli la pièce avec les trésors et qu'ils l'ont refermée seulement ensuite. Tu vois, ils ont fait creuser un espace, l'ont rempli puis couvert avant d'en dissimuler l'entrée avec le réseau de distribution d'eau de la ville.

— Ils n'ont pas caché l'entrée. Ils l'ont brouillée dans un labyrinthe.

— Ce qui implique évidemment des heures et des heures d'analyse, de planification et de préparation. Ils ont travaillé avec acharnement pour que personne d'autre qu'eux ne puisse arriver à cette cachette. Si Hitler avait gagné la guerre, ils seraient devenus les hommes les plus riches d'Europe, une Europe gouvernée par leur pays et leur parti, sans que personne n'aille enquêter sur l'origine de leur enrichissement rapide. Mais en voyant que la guerre était perdue, ils ont compris que ces trésors étaient devenus leur sauf-conduit, leur seule garantie d'avoir la vie sauve.

— Pourtant Sauckel est mort, exécuté à Nuremberg.

— Oui, mais pas sa famille. Tu ne te souviens pas, Fritz Sauckel était un ancien marin marchand, père de dix enfants ? C'est pour cela qu'il a gardé le silence à Nuremberg, c'est la seule explication possible. Il se savait perdu. En remettant les trésors aux Alliés, il n'aurait gagné qu'une condamnation à perpétuité dans une prison misérable, et sa famille aurait continué à vivre dans le besoin. Il a choisi de se taire, certainement tranquillisé par un pacte d'honneur établi avec Koch selon lequel celui-ci remettrait la moitié des richesses à la famille de Sauckel.

— C'est plausible, oui, mais Koch n'a pas accompli sa promesse.

— Cela, nous ne le savons pas encore, murmura José d'un ton dubitatif. Il l'a peut-être fait.

— Il aurait fallu que quelqu'un d'autre le fasse pour lui et soit donc mis au courant de la cachette. Dans ce cas, pourquoi peindre le *Jérémie* avec le code crypté en hébreu ?

José serra les lèvres dans un geste de frustration et poussa un soupir :

— Je crois que tu as raison. Koch a trahi Sauckel.

— Écoute, dis-je d'un ton résolu en prenant la main de José, je ne crois pas que le gauleiter de Weimar mérite notre compassion. Mettons-nous au travail, il y a certainement une deuxième porte dans cette pièce et nous devons la trouver. Tu inspectes la pièce des moteurs, et moi la salle de bains. Puis nous fouillerons ensemble ce bureau au cas où je serais passée à côté de quelque chose. D'accord ?

Il nous fallut deux heures pour arriver à la conclusion vexante que nous avions été incapables de trouver quoi que ce soit. Et pourtant, j'étais certaine que ce que nous cherchions était bien ici, sous notre nez, que nous ne regardions pas bien. Cela m'exaspéra, me mit en rage et d'une mauvaise humeur insupportable. J'étais habituée a lutter contre des murs, des systèmes d'alarme, des portes blindées, des coffres-forts, des chiens de garde, mais pas des sophismes et des pièges mentaux si sophistiqués qu'ils étaient capables de vous rendre fou.

— Tu n'as rien vu là-dedans ? me demanda d'un air désolé José, assis de l'autre côté du bureau.

Il tenait dans la main le précieux étui à cigarettes en argent signé du nom de Koch.

— Rien, dus-je admettre en me laissant tomber dans un des fauteuils.

— Tu es sûre, complètement sûre… ? insista-t-il en me regardant d'un air inquisiteur.

— Bon sang ! José, si je te dis que je n'ai rien trouvé, c'est que je n'ai rien trouvé. Tu crois que je te le cacherais ? Dans quel but, tu peux me le dire ?

— Je veux dire rien de bizarre, quelque chose qui t'ait paru étrange, différent… Cela pourrait être n'importe quoi, une facture, un livre, je ne sais pas moi…

— Ah ! je vois ce que tu veux dire. Attends un peu… Oui, il y a bien une chose qui m'a paru bizarre, là derrière toi, parmi les livres sur les étagères… Figure-toi que j'ai trouvé la traduction allemande du roman de Céline *Voyage au bout de la nuit* que j'ai lu d'ailleurs très récemment.

— *Voyage au bout de la nuit* ?

— En allemand, cela donne *Reise ans Ende der Nacht*, le corrigeai-je. Le roman parle d'un soldat français blessé pendant la Première Guerre mondiale qui rentre chez lui pour travailler comme médecin de campagne. C'est un livre très amer qui est impressionnant par son rythme saccadé, ses phrases très courtes, avec beaucoup d'exclamations. Céline fut accusé d'antisémitisme et condamné pour collaboration avec les nazis à la fin de la guerre ; il fut exilé en Allemagne et au Danemark plusieurs années. Il reste malgré tout l'un des écrivains les plus notables de ce siècle. D'ailleurs, un soir, alors que j'étais en train de le lire, Ezéquiela est entrée dans ma chambre pour me demander…

Le sang se glaça dans mes veines. Je demeurai muette.

— Pour te demander…, répéta José déconcerté par mon brusque silence.

— Je l'ai, José, ça y est, je l'ai trouvé !

— D'accord, mais tu as trouvé quoi ?

Je ne lui répondis pas. Je me levai d'un bond, et me précipitai vers les rayonnages. Je me souvenais parfaitement d'avoir menacé Ezéquiela avec le gros volume du *Voyage au bout de la nuit.* Mais le roman était en un tome, pas deux comme dans l'édition allemande de Sauckel. Il était tout simplement impossible de publier cette œuvre en deux parties aussi volumineuses que celles qui se trouvaient ici. Le texte n'était pas assez long pour cela, même avec de très gros caractères. Bien sûr, je pouvais toujours me tromper, mais cela ne me coûtait rien de vérifier…

— Regarde ! regarde ! m'écriai-je tout agitée.

Le premier volume contenait en effet le roman de Céline. Le second, lui, renfermait un livre totalement différent auquel on avait simplement ajouté une fausse couverture.

— *« Volk ans… Ge… wehr ! Liederbuch der Nationalso… zialistis… chen… Deutschen Arbei… ter Partei »*, lus-je difficilement à voix haute, car une chose est de connaître l'allemand et l'autre de le prononcer correctement.

— Je n'ai rien compris, se plaignit José en me prenant l'exemplaire des mains et en l'examinant avec des yeux d'expert. *Volk ans Gewehr ! Liederbuch der Nationalsozialistischen Deutschen Arbeiter Partei*, dit-il avec sa parfaite maîtrise de la langue de Goethe, puis il traduisit : « Peuple, aux armes ! Livre officiel des chansons du Parti national-socialiste allemand des travailleurs ». C'est une édition de 1934.

— Vas-y, ouvre-le !

José feuilleta rapidement l'ouvrage.

— Ici ! dit-il, il y a quelque chose, annonça-t-il en s'arrêtant pour ouvrir le livre en deux.

— Quoi ?

Mon impatience n'avait plus de limites. Je penchai la tête par-dessus son épaule pour voir ce qu'il avait trouvé.

— Une des chansons est soulignée au crayon rouge.

— De quoi parle-t-elle ?

— Le titre est : « Frères mineurs ». Elle a été écrite par un certain Horst Wessel, chef des SA de Berlin.

— Traduis-la-moi, s'il te plaît.

— « Frères mineurs, commença-t-il, frères employés de bureau/ suivez notre Führer !/ Hitler est notre guide,/ il ne reçoit pas de pièces d'or/ qui roulent à ses pieds/ depuis les trônes juifs./ Un jour viendra notre richesse,/ un jour nous serons libres :/ Allemagne créatrice, réveille-toi !/ Brise tes chaînes !/ Nous sommes loyaux à Hitler,/ fidèles jusqu'à la mort !/ Hitler nous libérera de cette misère. »

— C'est tout ?

— C'est tout.

— Hitler nous libérera de cette misère, répétai-je, presque hypnotisée, Hitler nous…

— C'est très clair, déclara José d'un ton ferme. La piste est Hitler.

— Cette phrase sur les mineurs et les employés de bureau semble faite tout exprès pour ce lieu.

— Ce qui explique pourquoi Sauckel et Koch ont choisi cette chanson. Elle collait parfaitement à leurs plans. Les deux vers suivants sont très explicites. « Suivez notre Führer !/ Hitler est notre guide. » Qu'est-ce qui rappelle Hitler ici ?

— La seule chose que j'aie vue c'est cet horrible buste de cire dans le dernier tiroir de la table.

— Ah ! oui, à côté de l'étui à cigarettes. C'est d'un mauvais goût extraordinaire.

Je me dirigeai vers le bureau et ouvris le tiroir.

La petite tête peinte de noir roula vers moi. Je la pris et l'examinai soigneusement.

— Elle me paraît assez banale..., dis-je au bout d'un moment. Vraiment, je ne crois pas que ce soit la solution de notre problème.

— Essaie de la casser ou de la couper en deux.

— Surtout pas, il faut peut-être la placer dans un endroit particulier pour que la porte de la salle du trésor s'ouvre.

— Quelle imagination fertile ! gronda José en me retirant le petit monstre des mains. Tu as déjà vu par ici une niche avec le profil de ce répugnant objet ? Non ? Alors laisse-moi faire.

Il essaya de planter dans la base du buste la pointe d'un couteau qu'il sortit d'un sac à dos, mais la cire s'était durcie avec le temps et résistait, dure comme de la pierre. Malgré tous ses efforts, il ne put enlever que des fragments.

J'allumai le petit réchaud à gaz et posai dessus la casserole que nous utilisions pour chauffer l'eau. Je plaçai la tête dedans en expliquant à José qui me regardait faire, abasourdi, que pour être dure la cire vieillie n'en restait pas moins de la cire, susceptible donc de... fondre. Quelques instants plus tard, un épais brouet noirâtre commença à bouillonner dans la casserole.

— Ou tu as raison ou c'en est fini à jamais de nos chances de trouver le salon d'ambre.

Je ne lui répondis pas. Je venais de voir apparaître à la surface le coin d'un petit objet métallique. J'éteignis le feu.

— Passe-moi le couteau, s'il te plaît, dis-je d'un ton posé.

En le traînant avec la pointe aiguisée, je coinçai et réussis à sortir une grosse clé.

— Alors, qu'en dis-tu ? m'exclamai-je toute fière en la mettant sous le nez de José.

— On dirait la clé d'un coffre.

— C'est la clé d'un coffre, affirmai-je avec toute l'autorité que me donnait mon expérience en la matière. Ce type de clés s'utilise encore aujourd'hui pour certaines serrures avec bloc de sûreté. Elles fonctionnent avec un double jeu de tiges dentées qui s'encastrent dans deux guides.

— Cela signifie donc bien quelque chose d'important. Mais où se trouve le coffre-fort que l'on ouvre avec cette merveilleuse clé ?

— Ça, je n'en ai pas la moindre idée. Mais au moins maintenant nous savons ce que nous devons chercher. Une entrée de clé probablement dissimulée.

— Une serrure, tu veux dire.

— Oui. Allez, au travail !

— D'accord, mais je commence à en avoir assez de cet endroit.

— Moi aussi, mais nous n'avons pas le choix. Allez !

Un dieu inconnu eut pitié de nous. Hermès peut-être qui protège les carrefours, mais aussi les voleurs et qui est le souverain des gains inespérés. Le fait est que nous trouvâmes cette maudite serrure avec assez de facilité. Mon amour pour les livres me poussa à vider puis déplacer les rayonnages de bois pour mettre à découvert le mur derrière. À la place de *La Théorie de la relativité* de Max Born apparut une serrure. À droite, derrière les sept tomes de *Auf der Sache nach der verlorenen Zeit (À la recherche du temps perdu*), le volant pour la combinaison. En réalité, il n'y avait pas de coffre-fort. La clé permettait d'ouvrir une imposante porte blindée camouflée sous la même couche de plâtre qui recouvrait les murs, et insérée dans la cavité où étaient placées les tablettes de bois. Comme nous avions été bêtes de ne pas nous en rendre compte !

La clé de sûreté, lavée des restes de cire collés dessus, s'inséra parfaitement dans l'orifice et dégagea les gardes de la cage.

— Et maintenant ? demanda José, déconcerté. C'est toi l'experte.

— Maintenant, mon cher, nous avons un problème. Les disques de la roue de la combinaison peuvent former jusqu'à cent millions de combinaisons. Il nous faut donc recourir à la logique. Si toi, homme intelligent, membre d'un groupe qualifié de voleurs d'œuvres d'art, tu as choisi comme code d'accès à tes fichiers secrets le numéro de l'une de tes cartes de crédit, Sauckel, l'homme qui supervisa les travaux et utilisa ce bureau, dut certainement élire une combinaison inspirée par la même bêtise.

— Merci pour la comparaison !

— De rien, soupirai-je. Donc, il nous faut juste connaître des dates comme celles de sa naissance, l'anniversaire de sa femme, de sa mère… De son entrée au parti nazi, de sa nomination comme ministre du Reich…

— D'accord, d'accord, j'ai compris ! Mais je pense quand même que si jusqu'à maintenant nous avons été guidés pas à pas par une multitude de pistes et de signaux improbables, il n'y a pas de raison qu'il ait choisi un autre mode. Cherchons plutôt dans les factures par exemple ou dans les pages de ce journal autrichien…

— Le journal ! m'exclamai-je, tu as raison. La date est soulignée en rouge comme les paroles de la chanson. Je crois que c'est le 20 avril 1942.

José ouvrit le tiroir et sortit l'exemplaire du *Volkszeitung.*

— Oui, c'est ça, le 20 avril, jour anniversaire du Führer comme l'indique la une. « Ce jour-là, lut-il en traduisant rapidement, une grande fête fut donnée à la chancellerie de Berlin, et l'on célébra cet événement dans toute l'Allemagne. Le Führer reçut tant de cadeaux que l'on dut ouvrir plusieurs salles du château de Charlottenburg pour les exposer. »

Je ne pus retenir un grand éclat de rire.

— Mais quel esprit tordu ! Quelle admirable capacité d'embrouille ! Tu te rends compte, José ? Charlottenburg ! Les cadeaux du Führer sont restés à Charlottenburg, alors que le salon d'ambre fut construit par Frédéric Ier de Prusse pour servir de fumoir dans son palais de Charlottenburg ! Tu ne te souviens pas ? Roi nous l'a expliqué.

José ébaucha un sourire sinistre.

— Tu as raison, quel esprit tordu ! Et cela colle avec les paroles de la chanson : « Suivez notre Führer, Hitler est notre guide », déclama José à voix haute. Je parie ma joaillerie que la date représente les chiffres de la combinaison qui permet d'ouvrir le coffre.

Je fis tourner les disques, marquai l'année, puis d'une simple rotation du volant fis tourner en sens inverse les cinq targettes cylindriques d'acier dont les extrémités se dévoilèrent quand le mur, sous notre poussée, pivota sur ses gonds, en révélant le sombre tunnel d'une galerie. Selon son habitude, José se dépêcha d'appuyer sur l'interrupteur situé à sa droite. Toute une file d'ampoules s'alluma au plafond après quelques vacillements. Nous étions entourés de murs de pierre. Sur le sol de terre noire, tassée et humide, de vieux rails pour wagonnets dessinant le même itinéraire rectiligne que la formation d'ampoules nous indiquaient le chemin à suivre.

— On y va ? me dit José gaiement.

— On y va.

La galerie, de cent mètres de large environ, se terminait par un mur épais de ciment qui formait un angle droit avec les parois de pierre. Un trou donnait accès à un nouveau couloir.

— C'est aussi compliqué que les entrailles de la pyramide de Khéops, murmurai-je impressionnée. Et aussi amusant. J'ai l'impression que nous allons trouver d'un moment à l'autre la tombe d'un pharaon.

— Ne t'inquiète pas, je te protégerai si la momie se réveille et t'attaque.

— Parfois, tu n'es vraiment pas drôle, José.

— Et dire que j'ai toujours cru que Peón était courageuse et intrépide comme les héroïnes de contes de fées.

— Je suis courageuse et intrépide, protestai-je avec énergie, mais cet endroit dégage une telle tristesse. On dirait qu'un souffle malin flotte dans l'air.

Nous étions arrivés au bout du couloir qui bifurquait vers la droite et se terminait par deux portes entrouvertes de chaque côté. La première menait à une salle de douches communes. Murs et sols étaient revêtus de carrelage. Douches, latrines et lavabos, tout était sale et moisi. La deuxième porte donnait sur une salle à manger. Les deux tables posées au milieu étaient couvertes d'une épaisse couche de poussière. Des buffets adossés aux murs contenaient assiettes, verres et plats. Dans cette même pièce, une autre porte conduisait à un réfectoire avec de grandes tables de bois grossier et des bancs similaires. Aux murs étaient accrochés des emblèmes nazis : banderoles, étendards, photographies de Hitler, plaque de fer avec une aigle noire aux larges ailes tenant entre ses serres une couronne de laurier avec un svastika au milieu.

— Où sommes-nous à ton avis ? demandai-je à José, perplexe.

— Cela ressemble à une caserne ou une prison.

Nous sortîmes de nouveau dans le couloir et poursuivîmes notre inspection, très déconcertés. Près des salles à manger, des battants ouvraient sur les cuisines qui empestaient comme si cinquante ans n'avaient pas suffi pour enlever toutes les traces de puanteur. Le couloir se divisait ensuite en deux avec deux portes de chaque côté. José ouvrit la plus proche de nous, jeta un coup d'œil à l'intérieur et recula brusquement en la refermant d'un coup.

— Fais attention, voyons, tu m'écrases les pieds ! m'indignai-je.

José me regardait, muet, le visage blanc comme un linge.

— Je suis désolé.

— Mais qu'est-ce qui t'arrive ? Qu'y a-t-il là-dedans ?

— Je n'en suis pas très sûr, confessa-t-il d'une voix faible, mais je crois qu'il vaut mieux que je retourne regarder et que tu m'attendes là tranquillement.

— Mais enfin ! Je ne suis pas une petite fille que tu dois protéger, José ! Je te rappelle que j'ai vécu des situations pires que celle-ci et que je suis habituée à…

— Très bien, mais ne viens pas me dire après que je ne t'ai pas prévenue, me coupa-t-il en fronçant les sourcils.

Il ouvrit la porte et je le vis tâtonner dans l'obscurité à la recherche de l'interrupteur. C'était la première fois que nous trouvions une pièce dans l'obscurité. Jusqu'à maintenant, toutes les autres avaient leurs ampoules allumées comme si on les avaient laissées ainsi exprès pour les contrôler d'en haut avec le générateur. À la lumière, un horrible spectacle nous attendait. Une vision d'épouvante d'une horreur inégalée.

Je me rappelle que j'eus l'impression de recevoir un coup atroce au cœur en découvrant ces rangées de cadavres, ces squelettes menottés à leurs paillasses, couverts de lambeaux rayés, ces vêtements que les nazis donnaient à leurs prisonniers dans les camps de concentration. Un gémissement me monta à la gorge. J'avais l'impression d'étouffer. Il ne s'agissait pas de peur ni même de dégoût ou d'appréhension. Je ressentais une peine infinie et j'éprouvais envers Sauckel et Koch les pires sentiments que j'avais expérimentés au cours de ma vie.

José me prit dans ses bras et me fit sortir. Il me laissa, incapable de bouger, pour aller vérifier les autres pièces. Partout, le même spectacle. On pouvait imaginer ces groupes de prisonniers attachés à leurs paillasses et tués de rafales de mitraillettes. Au fond, à gauche, une chambrée de soldats allemands surpris par une mort identique pendant leur sommeil. Aucun témoin n'avait survécu. Personne n'avait pu sortir de là pour raconter ce qu'il avait vu.

Ce qui me rendait folle de rage, c'était de voir que rien n'avait changé en Europe depuis que ces pauvres hommes avaient été assassinés. Les Serbes aussi avaient construit des camps dans les Balkans pour mener à bien leur nettoyage ethnique. Les dictatures sud-américaines avaient aussi fait disparaître des milliers de jeunes après les avoir torturés. Au Brésil, les enfants mouraient dans la rue, criblés de balles par des escadrons de la mort qui sortaient chasser à la nuit tombée… Et ainsi de suite dans une interminable répétition de génocides modernes aussi sanguinaires que celui mené par les nazis un demi-siècle auparavant.

Je me sentais malade, dégoûtée. J'aurais voulu rentrer chez moi et tout oublier. Je me fichais bien désormais du salon d'ambre et des maudites œuvres d'art.

— Ana ! Viens voir !

Le cri de José me tira de ma mélancolie.

— Ana, nous l'avons trouvé ! Viens, c'est une pure merveille !

Je me dirigeai en marchant comme un automate vers le lieu d'où provenait la voix de mon compagnon, une porte située face au dortoir des soldats, à l'extrémité du couloir. Je fus surprise de ne pas le trouver là quand je traversai la pièce. Elle avait dû servir de dépôt de matériel et de nourriture. Partout, de grandes boîtes de conserve et des outils.

— Par ici, Ana ! Je n'ai jamais rien vu d'aussi beau de ma vie !

Son appel provenait d'un lieu situé derrière l'une des étagères sur laquelle était posé un bric-à-brac de gants, pelles, pinces et tenailles. Je passai ces obstacles, étrangère à tout, comme hypnotisée, guidée par la voix de José. Ce dernier écarta de l'intérieur une lourde et sombre toile cirée qui servait de rideau, me laissant subitement face à une incroyable révélation d'or et de lumière…

Mais ce n'était pas de l'or, c'était de l'ambre !

Telles d'étincelantes tentures, de grands panneaux dorés tombaient d'un ciel voûté incroyablement bleu jusqu'à un sol de bois sombre où la nacre dessinait des volutes et des vagues marines. Entre les panneaux, pour rompre la monotonie du décor, d'étroites bandes de miroir reflétaient jusqu'à l'infini la lumière des candélabres de la frise flanqués de deux chérubins ailés, et des lampes soutenues par des bras d'or. Trois portes laquées de blanc avec des ornements dorés, chacune au, centre de chaque mur, identiques à celle que j'avais traversée par inadvertance en passant sous le rideau de toile, soutenaient des panneaux rectangulaires rehaussés de reliefs de festons et de guirlandes. Et comme si tout ce faste baroque n'était pas suffisant, comme si cette incroyable exhibition d'ornements luxueux, blancs, dorés, jaunes et orange n'était pas suffisamment impressionnante, des pièces et des plaques d'or pur composaient les moulures, corniches, bosselures, crossettes, couronnements.

Je fis un pas en avant, puis un autre. Et un autre encore… Pour m'arrêter au centre de cette haute salle d'une extravagance inouïe. Une fine couche de poussière couvrait le sol de bois noir, adoucissant le vernis brillant.

— Jamais…, murmurai-je, je n'ai jamais rien vu de semblable…

— C'est un peu rococo pour moi, fit observer José, mais c'est beau, infiniment beau.

Pendant un bon moment nous demeurâmes muets tous les deux, absorbés dans la contemplation de cette merveille qui avait frappé le cœur d'un tsar. L'ambre dégageait une odeur particulière, un mélange de parfum de santal et de violette. Il avait peut-être été longtemps exposé à ces senteurs et les avait conservées dans sa propre matière. Je sursautai soudain. J'avais cru entendre un bruit sourd au loin.

— Tu as entendu, José ? demandai-je à mon compagnon.

— Non, me répondit-il calmement.

Il me prit par la main et me tira vers l'avant.

— Viens, il reste encore beaucoup de choses à voir.

Les quatre portes du salon étaient ouvertes. L'une d'elles, derrière nous, était celle que nous avions utilisée pour entrer, deux autres, latérales, laissaient entrevoir la paroi rocheuse de la mine. Par contre, celle qui nous faisait face montrait une nouvelle pièce illuminée.

Enfin, l'image que je m'étais faite du lieu où devaient être cachées les œuvres d'art volées par le gauleiter de Prusse Erich Koch pendant l'invasion de l'Union soviétique se matérialisa. Mille fois j'avais imaginé, bien que plus petite, cette immense salle que j'avais maintenant sous les yeux avec ces piles de caisses qui montaient jusqu'au plafond. En réalité, c'était une galerie de pierre escarpée aux proportions hors du commun. Il ne pouvait en être autrement puisqu'elle hébergeait parfaitement les hauts panneaux du salon d'ambre. On n'en voyait pas la fin sous l'accumulation de caisses qui recouvraient plus ou moins tout le sol de terre.

Un premier coup d'œil nous permit de confirmer la valeur exceptionnelle de ce qui était caché ici. Des tableaux de Rubens, Van Dyck, Vermeer, Canaletto, Pietro Rotari, Watteau, Tiepolo, Rembrandt, le Greco, Anton Raphaël Mengs, Carl Gustav Carus, Ludwig Richter, Egbert van der Poel, Bernhard Halder, Ilia Yefimovitch Krilov, Ilia Repin, Max Slevogt, Egon Schiele, Gustav Klimt, Corot, David… Sans compter les dessins, gravures et estampes de la même valeur. Bijoux, objets d'art égyptiens, icônes russes, statues gothiques, armes, porcelaines, instruments de musique anciens, monnaies, vêtements de la famille impériale russe, habits de patriarche, couronnes, médailles d'or et d'argent… Il était impossible d'évaluer le prix de n'importe lequel de ces splendides objets sans se sentir au bord de l'évanouissement.

Nous demeurions médusés, bouche bée, abasourdis, ne pouvant en croire nos yeux. Finalement, José s'approcha de moi et me serra dans ses bras. Je tenais à la main une sanguine de Watteau représentant un jeune Pierrot.

— Nos amis ne nous croiront jamais quand on va leur raconter ça ! me susurra José à l'oreille.

— Et pourtant, il le faudra bien, affirmai-je d'un ton très décidé. Tout cela représente une telle somme de travail, imagine un peu, rien que pour organiser la sortie des œuvres et le transport dans un lieu sûr !

— Où est le problème ? s'étonna José. Roi est habitué à ce genre de mission. Il n'y a pas de problème insurmontable pour le cerveau de notre groupe. D'ailleurs, il est bientôt onze heures, nous devrions monter manger quelque chose et nous connecter, il est peut-être inquiet.

— Oh ! non, Cavalo, détrompe-toi, je ne le suis pas du tout, mais alors pas du tout.

Roi ? C'était Roi ! Mais que faisait-il ici ? Je me retournai en même temps que José d'un geste brusque et vérifiai qu'en effet Roi se trouvait bien devant nous. Petit détail : il avait une arme à la main et la pointait sur nous…

Autre détail, il n'était pas venu tout seul. Trois

hommes l'accompagnaient. L'un d'eux, qui avait son âge, était vêtu d'une longue veste verte assez extravagante et nous contemplait d'un air joyeux. Il avait gardé les mains dans les poches de son pantalon à cause du froid sans doute, et se tenait un peu à l'écart comme si tout cela n'avait rien à voir avec lui. Toute sa personne donnait l'impression que l'on avait affaire à un nouveau riche qui s'amuse en vivant des expériences étranges. Il avait un visage large et rubicond, et des yeux verts de félin. Ses deux compagnons, bien plus jeunes, paraissaient être ses gardes du corps. Grands, très musclés, ils portaient sur le visage la marque indubitable d'innombrables bagarres. Eux aussi nous menaçaient d'un pistolet. Tous les quatre, y compris Roi, paraissaient transis de froid. Les vêtements qu'ils portaient ne convenaient pas du tout aux basses températures de la galerie.

— Toi… ? balbutiai-je, incrédule. Mes yeux passaient alternativement de son visage au canon de l'arme qu'il maintenait pointée sur moi. Roi, que signifie tout cela, je ne comprends pas…

— Rien d'autre que ce que tu vois, Peón.

En dépit de son âge, soixante-cinq ans, Roi continuait à avoir un aspect imposant. Il était plus grand que José et, avec ce pantalon et cette veste de sport, on lui donnait facilement dix ans de moins. Ses yeux gris qui m'étaient si familiers m'observaient avec une froideur insultante qui me glaça le sang. Était-ce bien là ce comte Philibert que je connaissais depuis l'enfance, qui m'avait vue grandir, qui avait été l'ami de mon père jusqu'à sa mort, et qui n'oubliait jamais de prendre des nouvelles de ma tante Juana ?

— Je ne comprends rien, Roi, dis-je avec tristesse. J'aimerais que tu m'expliques.

— Oui, moi aussi j'aimerais avoir une explication, intervint José d'un ton défiant.

— Avant tout, permettez-moi de suivre les règles élémentaires de la courtoisie. Ana, José..., dit-il en se retournant vers l'homme à la veste verte, je vous présente mon ami Vladimir Melentiev, notre client.

Melentiev ! Ce vieil insolent était l'homme qui nous avait contactés pour que nous volions les *Moujiks* de Krilov !

— Quant à ces jeunes hommes à ses côtés, je pense qu'il est inutile de vous les présenter, poursuivit-il, ils travaillent pour lui, ils sont chargés de sa sécurité.

— Ils ne paraissent pas beaucoup s'en occuper en ce moment. Ils sont trop appliqués à nous surveiller, nous ! lui dit José qui ne m'avait pas lâché la main depuis l'apparition de Roi.

Je sentais ses doigts crispés sur mes bras comme des serres.

Roi lâcha un grand éclat de rire qui résonna dans le tunnel de la mine.

— Tu vas comprendre, Cavalo, lui dit-il quand il eut enfin contenu son rire. Tu vois, Vladimir et moi sommes bien trop âgés pour ce genre de tâches désagréables. Pavel et Leonid se chargeront d'en finir avec vous quand le moment sera venu. Car sincèrement, moi, je ne pourrai pas, je dois l'avouer.

— Tiens, il te reste encore un peu d'humanité, se moqua José.

Mais je devinais à son ton qu'il était profondément blessé. Comme moi. Roi avait été l'ami de son père aussi. De plus, pour lui comme pour moi, et, évidemment les autres membres du Club, Roi avait toujours été une figure primordiale, une personnalité emblématique profondément respectée. Il s'était toujours occupé de nous, veillant à ce que tout se passe bien, organisant les opérations, exigeant la plus grande sécurité… Et cet homme que nous admirions tant nous menaçait maintenant de son pistolet comme si nous étions de parfaits inconnus, comme si nos vies ne lui importaient guère. J'avais l'impression d'être tombée dans une histoire de fous.

— Mais pourquoi, Roi, voulus-je savoir, pourquoi ?

— Pour une raison bien simple, ma chère Peón, pour l'argent, bien sûr, beaucoup d'argent. Vladimir ne veut que le salon d'ambre. Il a des projets très ambitieux et il en a besoin pour les exécuter. Le reste, tout ce que vous voyez dans cette salle est pour moi. Tout cela m'appartient, ajouta-t-il, les yeux brillants de convoitise. Tu comprends, Peón, j'avais déjà tout perdu avant que cette sale crise économique ne survienne. J'avais dû hypothéquer le château, il ne me restait plus que la petite fortune que Rook avait investie avec plus ou moins d'habileté. Aujourd'hui, je n'ai plus rien, pas même cela. Plus rien. Pas un centime. Je suis perclus de dettes.

— Mais où est passé tout l'argent que nous

avons gagné avec nos opérations ? Je parle de sommes très importantes, Roi ! Ce n'est pas possible que tu aies tout perdu !

— Et pourtant si, ma chère enfant, je suis complètement ruiné. J'ai spéculé sur certains marchés à hauts risques et cela a mal tourné pour moi. J'ai essayé de faire face tant que j'ai pu, et puis j'ai fini par couler.

— Les armes…, déclara Melentiev, laconique.

— Les armes ?

Ce n'était pas possible ! Roi mêlé à un trafic d'armes !

— Enfin, les armes et d'autres choses, expliqua-t-il d'un ton irrité. Peu importe. Ce qui compte, c'est que cela a mal tourné. J'ai alors reçu la visite de Vladimir. Il connaissait l'existence du Club depuis de nombreuses années, depuis sa fondation, presque, dans les années soixante avec ton père, Cavalo, et le tien aussi, Peón. Le KGB a toujours su que j'étais un voleur d'œuvres d'art bien qu'il n'ait pu me lier au Club que bien plus tard.

— Ils savent qui nous sommes ! s'exclama José, atterré, en pensant sans doute à la sécurité de sa fille. L'enfant pouvait être en danger.

— Non, pas vous, proféra Roi. Ils ne connaissent que moi. À cette époque, je ne travaillais pas uniquement pour le Club. En fait, si je l'ai fondé c'est pour couvrir d'autres activités que je menais seul. Vos pères, par exemple, n'ont jamais su que je faisais des opérations en marge. Parfois même je préparais une mission pour eux qui me servait à cacher un autre vol plus important.

— Le comte Philibert de Malgaigne-Denonvilliers, déclara alors Melentiev en détachant chaque syllabe avec un fort accent russe, est une célébrité au KGB. Mais nous pensions qu'il agissait seul jusqu'à ce que nos ordinateurs mettent en relation les vols du Club avec ses mouvements. Il était très surveillé, conclut-il.

— Je ne peux pas le croire ! tonna José en me serrant le bras avec encore plus de force. Je ne peux pas le croire, Ana, il nous a trahis !

— Et comment connaissais-tu Melentiev ? demandai-je exaspérée à Roi. Pourquoi nous avoir entraînés là-dedans ? Pourquoi maintenant ?

Je n'arrivais pas à me sentir en danger mortel. Je ne me souviens pas m'être dit un instant que j'allais mourir. J'étais angoissée, oui, à l'idée que l'on fasse du mal à José. Le perdre si tôt n'était pas du tout prévu dans mes plans. Je ne sais si c'est par simple réflexe défensif de l'esprit qui refuse d'envisager ce qu'il ne veut pas voir ou si je savais par une prémonition inexplicable que mon heure n'avait pas encore sonné…

— Il est certain que je connais Melentiev depuis très longtemps. Nous avons souvent travaillé ensemble, n'est-ce pas ?

Le Russe acquiesça d'un hochement de tête et ferma le col de sa veste d'une main. Le pauvre avait très froid.

— Mon vieil ami est un homme courtois et orgueilleux. Son esprit capitaliste ne supporte pas la misère de ses compatriotes. Il considère Eltsine comme totalement inepte, un idiot mis à la tête de son pays par les États-Unis décidés à le maintenir au pouvoir à n'importe quel prix. Ce sont eux qui l'aident à sortir des embarras où il se met tout seul par sa propre incompétence. Vladimir croit que la santé d'Eltsine l'empêchera de tenir jusqu'aux prochaines élections présidentielles. C'est pour cette raison qu'il a besoin du salon d'ambre.

Roi s'interrompit quelques instants comme s'il doutait de ses propres paroles puis continua :

— Peu de jours avant sa mort à Barczewo, Erich Koch parla à Melentiev du *Jérémie*. Il lui dit que bien des années auparavant, avant d'être capturé, il avait peint un tableau dans lequel il avait caché la solution pour trouver son trésor, mais que ni lui ni personne ne le découvrirait. Il lui expliqua que sa toile était parfaitement dissimulée derrière un autre tableau. Vladimir oublia d'informer ses supérieurs de cette ultime fanfaronnade de Koch qui pouvait très bien être vraie. Il mena des recherches pour son compte pendant des années, jusqu'à ce qu'il découvre l'existence de Helmut Hubner. Hubner fut le pilote du Junker 52 qui transporta les panneaux du salon d'ambre de Königsberg à Weimar.

Roi s'interrompit de nouveau et regarda autour de lui.

— Toutes ces merveilles que vous voyez arrivèrent ici par voie de terre, en camion, mais le salon d'ambre voyagea par les airs. C'était le moyen le plus sûr et le plus discret. Hubner ne sut jamais ce qu'il convoyait mais Vladimir tira ses conclusions et le devina. Il fit le lien avec le cadeau de Koch à Hubner, les *Moujiks* de Krilov, pour le remercier de l'avoir hébergé à Pulheim pendant quatre ans jusqu'à ce qu'il soit détenu par les Alliés. Quand Vladimir vint me voir, cela faisait longtemps qu'il savait que le *Jérémie* était caché dans les *Moujiks.* Mais Hubner avait refusé net de vendre le tableau de Krilov, et même s'il l'avait vendu, il aurait été impossible à Melentiev de déchiffrer le code utilisé par Koch et d'arriver jusqu'à cette magnifique cachette. C'était un défi que seul le Club d'échecs pouvait relever. Je lui ai assuré que nous trouverions le salon d'ambre. Et comme vous pouvez le voir, je ne me suis pas trompé, dit-il avec un sourire d'orgueil. Maintenant, Vladimir pourra remettre le salon à son candidat favori, Lev Marinski, du parti national-libéral, un ultranationaliste dois-je dire. Cet incroyable coup de théâtre le poussera aux prochaines élections. Vladimir est certain que son favori obtiendra la victoire et saura aider ses amis quand il aura le pouvoir.

— LÂCHE-LES, ROI ! cria alors une voix, LÂCHE-LES OU JE TUE MELENTIEV !

Je sursautai. José aussi. Läufer… ! Läufer était là ! On se serait cru dans une réunion du Club. Notre cher Heinz était entré en silence dans la salle en profitant de la péroraison de Roi qui nous expliquait les coulisses de l'opération Krilov. Il avait utilisé la position éloignée de Melentiev pour le surprendre, lui passer un bras autour du cou et le menacer d'un dangereux burin qu'il avait trouvé dans le dépôt. À partir de cet instant les événements s'accélérèrent de manière vertigineuse. Le désarroi créé par l'apparition de Läufer fut très bien utilisé par José qui se jeta sur Roi, et le désarma facilement. Roi, âgé, glacé par le froid, troublé par les reflets, n'opposa aucune résistance et se rendit facilement. Je sus également profiter de la situation pour désarmer d'un coup de pied un des gardes du corps de Melentiev, tandis que l'autre demeurait aussi immobile qu'une statue, paralysé par la peur de voir Läufer enfoncer son arme aiguisée dans le cou de son chef.

En quelques secondes, la situation avait connu un retournement complet. José menaçait Roi avec le pistolet, Läufer s'était emparé de Melentiev et moi, j'attachais avec les courroies de cuir de certains ballots proches les sbires russes moustachus.

— Tu n'oseras pas me tuer, Cavalo, affirma Roi très souriant, en regardant fixement son gardien.

— À ta place, je ne parierais pas là-dessus, répondit José en lui collant le canon de l'arme sur les côtes.

Je savais que Roi avait raison, que José ne serait pas capable de tirer et me dépêchais d'en finir avec Pavel et Leonid pour courir attacher le comte. Je voulais que José lâche l'arme. Il me répugnait de le voir avec cette chose noire dans la main. Je savais aussi que Läufer serait incapable de faire du mal à Melentiev, aussi dès que j'en eus fini avec Roi, je me précipitai vers le mafieux. En un rien de temps, tous étaient attachés et assis par terre, adossés à une pile de caisses.

Alors seulement je me jetai dans les bras de Läufer en pleurant de joie.

— Comme je suis heureuse de te voir ! Tu ne peux pas savoir ! lui répétai-je entre deux baisers.

Ce n'est pas que je sois d'un naturel démonstratif, mais il y a des moments où l'émotion est plus forte que tout et je ne peux éviter de me rendre ridicule. De grosses gouttes glissaient sur mes joues et tombaient sur la chemise de Heinz qui me serrait dans ses bras, très ému lui aussi. Il me fallut un bon moment pour m'apercevoir que le pauvre tremblait comme une feuille. Je m'écartai de lui, séchai mes larmes et le regardai :

— Läufer, mais tu es glacé !

— Il fait vraiment très froid, ici ! dit-il en claquant des dents.

— Allons dans le bureau, tu y seras mieux, proposa José.

— Et qu'est-ce qu'on fait de ces quatre-là ? demandai-je en me retournant pour désigner nos prisonniers.

Roi croisa mon regard d'un air moqueur. J'aurais dû me douter alors qu'il tramait quelque chose, mais j'étais beaucoup plus inquiète pour Heinz. Je savais qu'ils allaient nous poser un sérieux problème. Nous ne pouvions pas les tuer, c'était certain, mais nous ne pouvions ni les remettre à la police, ni les laisser dans les galeries, ni les emmener avec nous. C'était trop dangereux. J'étais sûre qu'une fois en haut, ils feraient tout pour nous liquider dès que l'occasion se présenterait.

— Ils n'ont qu'à rester ici, répondit José avec mépris en s'éloignant de Läufer. Nous leur apporterons à manger plus tard.

Je sentis mon cœur se serrer et ne pus partir sans avoir jeté de lourds et précieux habits sur Roi et ses stupides acolytes. Cela au moins les protégerait du froid. Puis je partis. Je rattrapai en courant José et Läufer qui avaient déjà traversé le salon d'ambre.

Nous passâmes par les dortoirs, montâmes par la mine et atteignîmes le bureau de Sauckel avec autant de joie que si nous rentrions dans nos foyers. Là se trouvaient nos sacs à dos et le petit réchaud avec la casserole contenant les restes de cire. José décrocha la veste de cuir noir du portemanteau et la posa sur les épaules de Heinz, non sans lui avoir donné auparavant une paire de gants et le pull qu'il avait gardé pour le moment de notre sortie à l'extérieur. Il faisait assez chaud dans le bureau, une chaleur humide et poisseuse, mais notre héros avait les os glacés depuis qu'il était descendu dans les galeries en passant par la bouche d'égout pour venir à notre secours.

Tandis que nous préparions d'abondantes portions de purée de pommes de terre accompagnée de viande, Läufer nous expliqua que sa miraculeuse apparition avait été l'œuvre d'une jeune fille intrépide qui s'appelait Amalia da Costa Reis. José ouvrit grande la bouche et je lâchai une exclamation de douleur : je venais de me brûler le doigt sur le bord du récipient métallique.

— Amalia ? s'étonna le père de l'artiste.

— Ta fille s'appelle bien Amalia, non ?

— Mais comment... ? commençai-je à dire, mais Läufer m'interrompit :

— Vous allez comprendre. Vous devez d'abord savoir que je n'avais pas la moindre idée de tout ce qui se préparait ici, dit-il en montrant du menton le bureau. J'ignorais que vous étiez dans ces souterrains. Depuis notre dernière réunion du

11 octobre, je n'avais eu de nouvelles de personne, aussi hier matin, j'ai eu l'idée d'envoyer un e-mail à Roi pour lui demander où en était l'affaire de Weimar.

— Roi nous avait dit que tu étais trop occupé pour participer activement à la mission, lui expliquai-je. Nous étions persuadés que tu avais refusé de nous aider.

— Pas du tout, puisque je n'étais au courant de rien ! insista-t-il. Roi ne m'a rien dit.

José et moi échangeâmes un regard entendu. Roi nous avait donc bien menti depuis le début.

— Enfin, poursuivit Läufer, le fait est que je passai une très mauvaise nuit. Roi n'avait pas répondu à mon message et cela faisait plus d'un mois que je n'avais pas de nouvelles. Je t'ai alors envoyé un e-mail, Ana, en utilisant ton adresse normale de courrier électronique, celle de ton serveur. Tu sais que tous les messages entre nous passent par l'ordinateur de Roi, de sorte que je n'avais pas le choix.

— Tu m'as envoyé un message sans le coder !

— Écoute, ce n'est pas si grave, protesta-t-il après avoir avalé sa première cuillerée de purée. Je n'y disais rien de dangereux ou compromettant !

— Ce n'est pas cela qui compte, Läufer, c'est un acte d'une grave irresponsabilité.

— Peut-être, mais cela t'a sauvé la vie ! se défendit-il, la bouche pleine. Parce que je ne sais pas si tu es au courant, mais la fille de José passe ses journées devant ton ordinateur, et c'est ainsi qu'elle a pu lire immédiatement mon message et y répondre.

— Elle lit mon courrier ? m'écriai-je, scandalisée, en jetant un regard assassin à son père.

José me fit signe de me calmer et me prit la main.

— Amalia me répondit aussitôt, poursuivit Läufer. Elle était très inquiète. Elle m'expliqua que vous étiez ici depuis onze jours et qu'elle croyait que j'étais au courant. Une fois remis de ma crise de panique, j'ai d'abord pensé qu'il pouvait s'agir d'un piège tendu par la police. J'ai donc envoyé à Amalia un autre e-mail en lui donnant rendez-vous sur un canal codé, avec la clé de l'IRC. Ta fille sait énormément de choses sur l'informatique, José, un jour, j'aimerais faire sa connaissance, nous aurions sûrement beaucoup de choses à nous dire... Bien, c'était une parenthèse. On s'est donc retrouvés sur le canal, j'ai bloqué les entrées, et je l'ai bombardée de questions. Vous comprenez, je devais m'assurer qu'elle était bien qui elle prétendait être, et que ce qu'elle essayait de me raconter était vrai. La première chose que j'ai faite, Ana, c'est de vérifier à qui appartenait l'ordinateur. J'ai jeté un coup d'œil dessus qui m'a totalement rassuré. Toutes tes affaires étaient dedans.

J'avais l'impression d'avoir été transformée en insecte et d'être examinée à la loupe par une équipe de savants fous. Ma vie n'avait plus d'intimité.

— Vous ne devinerez jamais comment j'ai obtenu la preuve de l'identité d'Amalia.

José et moi fîmes patiemment un geste de dénégation de la tête. Heinz sourit, très joyeux :

— Je lui ai demandé ce que contenait le paquet que j'avais envoyé d'Allemagne. Elle me répondit qu'il s'agissait dune petite poupée de fer-blanc qui glissait sur une piste enneigée, une Märklin fabriquée en 1890. Bingo ! Vous reconnaîtrez que c'était une question géniale !

José et moi lui confirmâmes son génie d'un hochement de la tête.

— Bon, le reste, vous le devinez. Amalia m'a raconté l'histoire dans le détail. On a compris alors que vous couriez un grand danger. Un plongeon dans le noir comme celui qu'avait organisé Roi ne pouvait signifier autre chose. J'ai pris ma voiture et j'ai roulé sans m'arrêter jusqu'à Weimar. Amalia m'avait indiqué l'entrée que je devais utiliser pour arriver le plus près possible de cet endroit.

Piquée par la curiosité, je lui demandai laquelle.

— Tu ne le croiras jamais ! me dit-il, les yeux brillants.

— Essaye.

— Nous nous trouvons exactement sous l'emplacement de l'ancien camp de concentration de Buchenwald.

— Quoi ?

— Je te le jure. Sous le camp, dans un endroit appelé Ettersberg.

Mille pensées me traversèrent l'esprit en un dixième de seconde. Ainsi le *Gauforum* et le camp communiquaient par des tunnels souterrains ! Le salon d'ambre n'était pas caché sous le musée !

— Je suis entré par une bouche d'égout qui se trouve dans la *Blutstrasse*, la rue du sang, le chemin qui relie Weimar au camp construit par les prisonniers et…

Je sentis alors une douleur aiguë dans les côtes. Un bras me serra la gorge avec brutalité en me coupant la respiration. J'entendis une exclamation incompréhensible puis compris exactement ce qui se passait en reconnaissant la voix de Roi qui criait dans mon oreille :

— Donne-moi les armes ou je la tue !

Je me retournai, furieuse, en essayant désespérément d'écarter des deux mains le piège qui m'enserrait la gorge et m'empêchait de respirer. Mais plus j'essayai, plus je sentais la douloureuse piqûre sur le côté.

— Passe-moi le pistolet, José, ou je la tue, et je ne plaisante pas !

J'entendis un coup de feu. Puis un autre. Et le sifflement des balles qui passaient tout près de moi. Mais quand enfin une bouffée d'air parvint à entrer dans mes poumons, je m'évanouis.

Épilogue

Ce n'est pas que je sois d'une nature délicate, une fleur de serre qui s'évanouit dès qu'elle entend un gros mot. Non, c'est que le bras de Roi m'avait empêché de respirer pendant si longtemps que mon cerveau avait cessé de recevoir de l'oxygène. C'est pour cette raison que je tombai à terre en perdant connaissance au moment même où José tirait sur Roi et le tuait.

Ce dernier avait réussi à défaire ses liens dès que j'eus abandonné la salle des œuvres d'art. Je suppose qu'il s'était rendu compte de ma précipitation et de ma nervosité quand je l'avais attaché. Il avait dû placer ses mains de façon que les courroies soient le plus lâches possible. Une fois libre, il avait tué Melentiev et ses acolytes avec ce même couteau en or gravé de pierres dont il m'avait menacé. Il l'avait sans doute pris dans une des collections d'armes volées par Koch. En tuant ces trois malheureux, il s'assurait non seulement la possession des trésors contenus dans la salle, comme son contrat avec Melentiev le prévoyait, mais aussi celle du salon d'ambre.

Il avait ensuite traversé les dortoirs et était arrivé à l'extrémité de la galerie, juste de l'autre côté de la porte blindée. Il était resté là en attendant le moment propice pour attaquer la personne qui était la plus proche de sa cachette, c'est-à-dire moi. Son plan avait parfaitement fonctionné. José avait pris les trois pistolets avant de sortir de la grande salle. Roi, en se servant de moi comme d'otage, s'assurait que José les lui rendrait. Mais il calcula mal la réaction de ce dernier. José, en me voyant faiblir, crut que Roi m'avait réellement enfoncé le couteau dans les côtes — il est vrai qu'il s'en était fallu de peu ! Aveuglé par la rage, alors que Roi était convaincu qu'il allait lui rendre les armes, José agrippa fermement l'une d'elles, visa la tête et tira. Il atteignit sa cible.

José, Heinz et moi abandonnâmes cette même nuit les égouts de Weimar par la bouche située à proximité de Buchenwald, non sans avoir auparavant enterré, sous la terre noire et humide, les corps du comte Philibert, de Vladimir Melentiev et de ses gorilles. Les cadavres sur les paillasses attendraient notre prochaine visite.

Tandis que nous quittions la région dans la voiture de Heinz, José établit un contact avec Amalia et Ezéquiela par téléphone portable. Nous eûmes une longue conversation sans entrer pour autant dans le détail des événements. Les portables sont des objets peu sûrs, n'importe qui peut capter leur signal par scanner et écouter les conversations. Nous les rassurâmes tandis que Läufer se dirigeait vers Bonn où il demeurait. Nous devions y rester deux jours pour nous reposer et nous remettre de toutes ces frayeurs. José put enfin se raser, mais je lui fis promettre de se laisser pousser de nouveau la barbe, j'avais découvert que je le préférais avec. Il nous fallut aussi régler certains points importants comme le démantèlement du système informatique du Club. La disparition de Roi, définitive désormais, finirait bien un jour par attirer l'attention d'un de ses acolytes, aussi Läufer détruisit à distance le contenu du disque dur de l'ordinateur du comte, rendant impossible toute récupération des données. Il était impensable que Roi eût été assez inconscient pour y laisser des papiers compromettants et des photos. Aucun membre du Club ne le faisait, précisément à cause de son insistance sur les questions de sécurité, de sorte que la procédure de Läufer nous tranquillisa complètement. Ce dernier se garda bien d'effacer le fichier des clients du Club et des collectionneurs les plus importants, il le transféra d'abord intégralement sur son ordinateur.

Rook et Donna reçurent un message anonyme très simple ne contenant qu'un seul mot suffisamment chargé de sens pour eux : « Échec ». Ce signal devait les mettre en alerte. Ils devaient vider leurs ordinateurs, éliminer le moindre signe de leur appartenance au Club et attendre les instructions.

José était très inquiet pour sa voiture que nous avions abandonnée dans un garage désert de l'édifice en ruines de la *Römerhofstrasse* de Francfort, et pour la vieille Mercedes que nous avions laissée à Weimar. Läufer lui assura qu'il se rendrait lui-même à Francfort pour récupérer la Saab et qu'il s'en occuperait en attendant que José puisse venir la chercher. Quant à la Mercedes, cela faisait seize jours qu'elle était garée au même endroit, impossible de savoir ce qui avait pu advenir d'elle. Elle pouvait très bien se trouver à la fourrière, par exemple. Ou, pire encore, être soumise à une surveillance en attendant qu'apparaisse le propriétaire. Cela n'était guère probable, mais comme nous étions paranoïaques, Läufer alla fouiller dans les ordinateurs de la municipalité de Weimar. Après plusieurs essais infructueux, il finit par trouver une brève note qui faisait état du ramassage, dans la rue où nous l'avions laissée, d'une Mercedes identique, mais avec une autre plaque d'immatriculation que celle volée dans un atelier de réparation de Francfort au mois d'octobre. On l'avait sans doute rendue à son propriétaire sans faire plus de recherches, ce qui était la procédure normale appliquée dans ces cas, d'autant plus que nous n'avions laissé aucune empreinte. Cela nous permit de retrouver toute notre sérénité et de tirer un trait là-dessus.

Le mardi 17 novembre au matin, nous étions dans un avion à destination de Madrid. À notre arrivée, nous prîmes le temps de déjeuner et sortîmes de l'aéroport au même moment qu'un groupe de voyageurs français qui venaient d'arriver. Un taxi nous conduisit jusqu'à Avila. Finalement, dans l'après-midi nous passâmes le seuil de ma maison, heureux comme deux naufragés qui mettent enfin pied sur la terre ferme après plusieurs semaines passées en mer. Amalia et Ezéquiela nous embrassèrent comme si nous étions deux enfants perdus, deux enfants prodigues, mais elles échangèrent de plus longues embrassades encore quand, trois jours plus tard, José et sa fille prirent le train pour rentrer à Porto. Amalia était à juste titre très fière de son intervention miraculeuse dans notre aventure, et bien qu'il ne lui retirât nullement toute son importance et valorisât son rôle comme il se devait, José la fit redescendre sur terre et la rendit à sa condition d'adolescente qui devait encore continuer à aller a l'école. La veille de leur départ, alors que José dormait déjà, je me levai de mon lit et me rendis dans mon ancienne chambre. Amalia se réveilla d'un coup, et me regarda, surprise.

— Je voulais juste te remercier entre quatre yeux, lui dis-je en souriant. Sans toi, nous ne serions pas ici. Si plus tard, quand tu seras plus grande, tu veux faire partie du Club, sache que tu auras mon appui. Mais ne dis rien à ton père, d'accord ? Je crois qu'il ne serait pas d'accord avec moi. Ah ! j'oubliais, tu peux revenir ici quand tu veux et utiliser mon ordinateur.

Le pacte fut conclu. Amalia me serra dans ses bras et je répondis à son étreinte, ce qui, pour deux tempéraments aussi froids que les nôtres, avait vraiment valeur d'alliance. Ezéquiela s'était prise d'affection pour l'enfant et m'exprima largement sa satisfaction devant l'apparente stabilité de ma relation avec le père de celle-ci. Elle parvint même à insinuer que cela lui serait égal de quitter Avila et de vivre dans un pays voisin si c'était nécessaire. Bien entendu, je la fis taire en débitant des horreurs.

La vie reprit très vite son cours habituel. Tous les week-ends, José et moi nous retrouvions à Porto ou Avila pour passer quelques jours ensemble, parfois avec Amalia, parfois sans elle. Ces voyages commencèrent à faire partie de ma routine. Nous avions établi un *modus vivendi* commode et agréable, bien que José me le reprochât et se lamentât comme un galérien condamné à perpétuité. Mais il me suffisait de ne pas faire attention à ses plaintes.

Grâce à la base de données sauvegardée par Läufer avant d'effacer le contenu de l'ordinateur de Roi, nous pûmes retrouver le collectionneur français qui avait acheté l'icône russe volée dans l'église orthodoxe Saint-Dimitri. À la mi-décembre, encore assez effrayés par les répercussions que pouvaient avoir les événements de Weimar, nous laissâmes l'icône dans les toilettes d'une station-service des abords de Lyon, et six heures plus tard récupérions quinze mille dollars dans la consigne du terminus des autobus. Trop inquiets encore et incertains, nous ne donnâmes rendez-vous à Donna et Rook qu'au mois de mars de l'année suivante.

Quatre mois s'étaient déjà écoulés. Weimar fêtait sa nomination comme « Ville européenne de la culture » et l'on en entendait souvent parler dans les journaux télévisés. Bien sûr, les journalistes évitaient de manière significative de mentionner le passé nazi de la ville et l'existence du camp de Buchenwald si proche.

L'absence de Roi était passée inaperçue dans les cercles artistiques, comme si personne ne voulait se souvenir de l'avoir connu ou comme si tout le monde tenait pour entendu qu'il s'était enfui dans une île paradisiaque des Antilles et profitait d'une retraite bien méritée. La disparition de Melentiev, comme nous l'apprîmes plus tard, fut rapidement couverte par son fils qui dirigeait déjà depuis longtemps les affaires familiales.

Le 2 mars 1999, nous célébrâmes une première réunion de l'IRC convoquée par Heinz à travers un nouveau système de cryptage qu'il avait conçu. Au cours de cette brève rencontre, nous décidâmes que le moment était venu de changer certaines choses dans le Club. Nous fûmes d'accord pour nous rencontrer tous les cinq, le lundi suivant, à l'hôtel Casuarina Beach situé sur l'île Mahé des Seychelles. Ainsi, tout en nous bronzant sur les plages de sable blanc devant des eaux turquoise ou en profitant d'un spectacle créole à la tombée du soir, nous pourrions parler paisiblement des nombreux problèmes qu'il fallait résoudre et prendre toutes les décisions nécessaires pour le futur.

Les choses ne se passèrent pas exactement ainsi, mais ce fut très émouvant de nous retrouver au petit matin dans la chambre de Läufer, fenêtres et volets hermétiquement fermés, la peur au ventre. Rook se montra plus ambitieux, plus stupide et plus laid que ce qu'il semblait sur Internet. C'était un Britannique typique, avec parapluie, bretelles, chapeau melon et âme de yuppie moderne. Mais Donna se révéla une femme exceptionnelle, aux idées très claires, avec une salutaire passion pour l'art. Nous n'étions plus que cinq pièces sur l'échiquier. Depuis le début, il était évident que notre groupe ne pouvait continuer ainsi décapité, sans leader, sans roi. Mais nous avions beaucoup de bonne volonté et très envie de poursuivre nos activités. Sans compter que nous possédions un immense trésor enterré dans le sous-sol de Weimar.

Le soleil était au zénith quand nous parvînmes enfin à la conclusion qu'il fallait laisser le salon d'ambre dans sa cachette. Ennuyés de ne pas trouver de solution, nous avions envisagé plusieurs possibilités, mais il était évident que nous n'étions pas à la hauteur d'un travail de cette envergure. Nous allions avoir besoin de personnel qualifié, sans parler d'un matériel très voyant : excavatrices, grues, élévateurs. Et puis, où allions-nous pouvoir mettre tout cela ? Où cacher dans de bonnes conditions de gigantesques panneaux d'ambre doré vieux de deux siècles ? Il valait mieux les laisser là où ils se trouvaient jusqu'à ce que nous ayons vidé de ses œuvres d'art la salle contiguë. Là-dessus, il y eut unanimité. Il fallait imposer une périodicité de visites au labyrinthe de galeries de Weimar pour vider doucement la grande salle. En deux ou trois ans, nous pourrions avoir sorti tout ce que Sauckel et Koch avaient caché. Nous n'aurions ensuite aucun problème pour vendre de si beaux objets sur l'ample marché clandestin des collectionneurs privés.

Donna évoqua la possibilité de rendre le salon d'ambre aux Russes par la bande. Mais Läufer fit observer que cela créerait un conflit diplomatique entre la Russie et l'Allemagne qui étaient déjà en bisbille au sujet du trésor de Troie découvert au dix-neuvième siècle par l'archéologue allemand Heinrich Schliemann. Apparemment, les Soviétiques l'avaient emporté en URSS comme trophée de guerre à la fin de la Seconde Guerre mondiale. La vérité, pensais-je, c'est que tout le monde avait des raisons de se taire.

Ainsi donc, le salon resta notre secret. Un jour peut-être, il finirait par nous servir, et pas nécessairement dans un sens économique. Il pourrait nous servir de monnaie d'échange comme avait voulu le faire Erich Koch. À moins que nous ne finissions par le rendre si les circonstances l'exigeaient. Le temps nous le dirait…

À quatre voix contre une, la mienne, fut aussi approuvée la motion prévoyant de louer une ou deux cellules supplémentaires à ma tante Juana dans son monastère. De cette manière, m'expliquèrent patiemment mes compagnons, nous pouvions garder les pièces vendues jusqu'à leur remise. Je leur répondis que j'imposai une seule condition : que les demandes d'argent de ma tante pour la restauration de son couvent soient financées par le Club. J'en avais plus qu'assez de cette sangsue ! Ils acceptèrent bien sûr et je dus ravaler la bile qui me montait à la gorge en pensant que la chère mère supérieure allait bientôt être pleine aux as !

Aujourd'hui, le Club d'échecs continue à travailler activement, par goût, bien sûr. Beaucoup de choses se sont passées depuis cette dernière réunion, à ma grande satisfaction. Ainsi, avant la fin de l'année, nous avions réussi à nommer un nouveau Roi. C'est un homme formidable qui remplit magnifiquement ses fonctions. Peu de temps après eut lieu l'affaire de… Mais là, c'est une autre histoire…

DU MÊME AUTEUR

Aux Éditions Plon

LE DERNIER CATON, 2006.

LE SALON D'AMBRE, 2005, Folio Policier nº 449.

IACOBUS, 2004, Folio Policier nº 359.

COLLECTION FOLIO POLICIER

Dernières parutions

174. Craig Holden — *Route pour l'enfer*
175. Nick Tosches — *Trinités*
176. Frederic H. Fajardie — *Clause de style*
177. Alain Page — *Tchao pantin*
178. Harry Crews — *La foire aux serpents*
179. Stéphanie Benson — *Un singe sur le dos*
180. Lawrence Block — *Un danse aux abattoirs*
181. Georges Simenon — *Les sœurs Lacroix*
182. Georges Simenon — *Le cheval Blanc*
183. Albert Simonin — *Touchez pas au grisbi !*
184. Jean-Bernard Pouy — *Suzanne et les ringards*
185. Pierre Siniac — *Les monte-en-l'air sont là !*
186. Robert Stone — *Les guerriers de l'enfer*
187. Sylvie Granotier — *Sueurs chaudes*
188. Boileau-Narcejac — *Et mon tout est un homme*
189. A.D.G. — *On n'est pas des chiens*
190. Jean Amila — *Le boucher des Hurlus*
191. Robert Sims Reid — *Cupide*
192. Max Allan Collins — *La mort est sans remède*
193. Jean-Bernard Pouy — *Larchmütz 5632*
194. Jean-Claude Izzo — *Total Khéops*
195. Jean-Claude Izzo — *Chourmo*
196. Jean-Claude Izzo — *Solea*
197. Tom Topor — *L'orchestre des ombres*
198. Pierre Magnan — *Le tombeau d'Helios*
199. Thierry Jonquet — *Le secret du rabbin*
200. Robert Littell — *Le fil rouge*
201. Georges Simenon — *L'aîné des Ferchaux*
202. Patrick Raynal — *Le marionnettiste*
203. Didier Daeninckx — *La repentie*
205. Charles Williams — *Le pigeon*
206. Francisco González Ledesma — *Les rues de Barcelone*

207. Boileau-Narcejac *Les louves*
208. Charles Williams *Aux urnes, les ploucs !*
209. Larry Brown *Joe*
210. Pierre Pelot *L'été en pente douce*
211. Georges Simenon *Il pleut bergère...*
212. Thierry Jonquet *Moloch*
213. Georges Simenon *La mauvaise étoile*
214. Philip Lee Williams *Coup de chaud*
215. Don Winslow *Cirque à Piccadilly*
216. Boileau-Narcejac *Manigances*
217. Oppel *Pirana matador*
218. Yvonne Besson *Meurtres à l'antique*
219. Michael Dibdin *Derniers feux*
220. Norman Spinrad *En direct*
221. Charles Williams *Avec un élastique*
222. James Crumley *Le canard siffleur mexicain*
223. Henry Farrell *Une belle fille comme moi*
224. David Goodis *Tirez sur le pianiste !*
225. William Irish *La sirène du Mississippi*
226. William Irish *La mariée était en noir*
227. José Giovanni *Le trou*
228. Jerome Charyn *Kermesse à Manhattan*
229. A.D.G. *Les trois Badours*
230. Paul Clément *Je tue à la campagne*
231. Pierre Magnan *Le parme convient à Laviolette*
232. Max Allan Collins *La course au sac*
233. Jerry Oster *Affaires privées*
234. Jean-Bernard Pouy *Nous avons brûlé une sainte*
235. Georges Simenon *La veuve Couderc*
236. Peter Loughran *Londres Express*
237. Ian Fleming *Les diamants sont éternels*
238. Ian Fleming *Moonraker*
239. Wilfrid Simon *La passagère clandestine*
240. Edmond Naughton *Oh ! collègue*
241. Chris Offutt *Kentucky Straight*
242. Ed McBain *Coup de chaleur*
243. Raymond Chandler *Le jade du mandarin*
244. David Goodis *Les pieds dans les nuages*
245. Chester Himes *Couché dans le pain*
246. Élisabeth Stromme *Gangraine*
247. Georges Simenon *Chemin sans issue*
248. Paul Borelli *L'ombre du chat*

291. Nicholas Blincoe	*Acid Queen*
292. Robin Cook	*Comment vivent les morts*
293. Ian Rankin	*L'ombre du tueur*
294. François Joly	*Be-bop à Lola*
295. Patrick Raynal	*Arrêt d'urgence*
296. Craig Smith	*Dame qui pique*
297. Bernhard Schlink	*Un hiver à Mannheim*
298. Francisco González Ledesma	*Le dossier Barcelone*
299. Didier Daeninckx	*12, rue Meckert*
300. Dashiell Hammett	*Le grand braquage*
301. Dan Simmons	*Vengeance*
302. Michel Steiner	*Mainmorte*
303. Charles Williams	*Une femme là-dessous*
304. Marvin Albert	*Un démon au paradis*
305. Fredric Brown	*La belle et la bête*
306. Charles Williams	*Calme blanc*
307. Thierry Crifo	*La ballade de Kouski*
308. José Giovanni	*Le deuxième souffle*
309. Jean Amila	*La lune d'Omaha*
310. Kem Nunn	*Surf City*
311. Matti Y. Joensuu	*Harjunpäa et l'homme-oiseau*
312. Charles Williams	*Fantasia chez les ploucs*
313. Larry Beinhart	*Reality show*
315. Michel Steiner	*Petites morts dans un hôpital psychiatrique de campagne*
316. P.J. Wolfson	*À nos amours*
317. Charles Williams	*L'ange du foyer*
318. Pierre Rey	*L'ombre du paradis*
320. Carlene Thompson	*Ne ferme pas les yeux*
321. Georges Simenon	*Les suicidés*
322. Alexandre Dumal	*En deux temps, trois mouvements*
323. Henry Porter	*Une vie d'espion*
324. Dan Simmons	*L'épée de Darwin*
325. Colin Thibert	*Noël au balcon*
326. Russel Greenan	*La reine d'Amérique*
327. Chuck Palahniuk	*Survivant*
328. Jean-Bernard Pouy	*Les roubignoles du destin*
329. Otto Friedrich	*Le concasseur*
330. François Muratet	*Le Pied-Rouge*
331. Ridley Pearson	*Meurtres à grande vitesse*
332. Gunnar Staalesen	*Le loup dans la bergerie*

333. James Crumley — *La contrée finale*
334. Matti Y. Joensuu — *Harjunpää et les lois de l'amour*
335. Sophie Loubière — *Dernier parking avant la plage*
336. Alessandro Perissinotto — *La chanson de Colombano*
337. Christian Roux — *Braquages*
338. Gunnar Staalesen — *Pour le meilleur et pour le pire*
339. Georges Simenon — *Le fils Cardinaud*
340. Tonino Benacquista — *Quatre romans noirs*
341. Richard Matheson — *Les seins de glace*
342. Daniel Berkowicz — *La dernière peut-être*
343. Georges Simenon — *Le blanc à lunettes*
344. Graham Hurley — *Disparu en mer*
345. Bernard Mathieu — *Zé*
346. Ian Rankin — *Le jardin des pendus*
347. John Farris — *Furie*
348. Carlene Thompson — *Depuis que tu es partie*
349. Luna Satie — *À la recherche de Rita Kemper*
350. Kem Nunn — *La reine de Pomona*
351. Chester Himes — *Dare-dare*
352. Joe R. Lansdale — *L'arbre à bouteilles*
353. Peppe Ferrandino — *Le respect*
354. Davis Grubb — *La nuit du chasseur*
355. Georges Simenon — *Les Pitard*
356. Donald Goines — *L'accro*
357. Colin Bateman — *La bicyclette de la violence*
358. Staffan Westerlund — *L'institut de recherches*
359. Matilde Asensi — *Iacobus*
360. Henry Porter — *Nom de code : Axiom Day*
361. Colin Thibert — *Royal Cambouis*
362. Gunnar Staalesen — *La Belle dormit cent ans*
363. Don Winslow — *À contre-courant du Grand Toboggan*
364. Joe R. Lansdale — *Bad Chili*
365. Christopher Moore — *Un blues de coyote*
366. Joe Nesbø — *L'homme chauve-souris*
367. Jean-Bernard Pouy — *H4Blues*
368. Arkadi et Gueorgui Vaïner — *L'Évangile du bourreau*
369. Staffan Westerlund — *Chant pour Jenny*
370. Chuck Palahniuk — *Choke*
371. Dan Simmons — *Revanche*
372. Charles Williams — *La mare aux diams*

373. Don Winslow — *Au plus bas des Hautes Solitudes*
374. Lalie Walker — *Pour toutes les fois*
375. Didier Daeninckx — *La route du Rom*
376. Yasmina Khadra — *La part du mort*
377. Boston Teran — *Satan dans le désert*
378. Giorgio Todde — *L'état des âmes*
379. Patrick Pécherot — *Tiuraï*
380. Henri Joseph — *Le paradis des dinosaures*
381. Jean-Bernard Pouy — *La chasse au tatou dans la pampa argentine*
382. Jean-Patrick Manchette — *La Princesse du sang*
383. Dashiell Hammett — *L'introuvable*
384. Georges Simenon — *Touriste de bananes*
385. Georges Simenon — *Les noces de Poitiers*
386. Carlene Thompson — *Présumée coupable*
387. John Farris — *Terreur*
388. Manchette-Bastid — *Laissez bronzer les cadavres !*
389. Graham Hurley — *Coups sur coups*
390. Thierry Jonquet — *Comedia*
391. George P. Pelecanos — *Le chien qui vendait des chaussures*
392. Ian Rankin — *La mort dans l'âme*
393. Ken Bruen — *R&B. Le gros coup*
394. Philip McLaren — *Tueur d'aborigènes*
395. Eddie Little — *Encore un jour au paradis*
396. Jean Amila — *Jusqu'à plus soif*
397. Georges Simenon — *L'évadé*
398. Georges Simenon — *Les sept minutes*
399. Leif Davidsen — *La femme de Bratislava*
400. Batya Gour — *Meurtre sur la route de Bethléem*
401. Lamaison-Sophocle — *Œdipe roi*
402. Chantal Pelletier — *Éros et Thalasso*
403. Didier Daeninckx — *Je tue il...*
404. Thierry Jonquet — *Du passé faisons table rase*
405. Patrick Pécherot — *Les brouillards de la Butte*
406. Romain Slocombe — *Un été japonais*
407. Joe R. Lansdale — *Les marécages*
408. William Lashner — *Vice de forme*
409. Gunnar Staalesen — *La femme dans le frigo*
410. Franz-Olivier Giesbert — *L'abatteur*
411. James Crumley — *Le dernier baiser*
412. Chuck Palahniuk — *Berceuse*

413.	Christine Adamo	*Requiem pour un poisson*
414.	James Crumley	*Fausse piste*
415.	Cesare Battisti	*Les habits d'ombre*
416.	Cesare Battisti	*Buena onda*
417.	Ken Bruen	*Delirium tremens*
418.	Jo Nesbo	*Les cafards*
419.	Batya Gour	*Meurtre au Kibboutz*
420.	Jean-Claude Izzo	*La trilogie Fabio Montale*
421.	Douglas Kennedy	*Cul-de-sac*
422.	Franco Mimmi	*Notre agent en Judée*
423.	Caryl Férey	*Plutôt crever*
424.	Carlene Thompson	*Si elle devait mourir*
425.	Laurent Martin	*L'ivresse des dieux*
426.	Georges Simenon	*Quartier nègre*
427.	Jean Vautrin	*À bulletins rouges*
428.	René Fregni	*Lettre à mes tueurs*
429.	Lalie Walker	*Portées disparues*
430.	John Farris	*Pouvoir*
431.	Graham Hurley	*Les anges brisés de Somerstown*
432.	Christopher Moore	*Le lézard lubrique de Melancholy Cove*
433.	Dan Simmons	*Une balle dans la tête*
434.	Franz Bartelt	*Le jardin du Bossu*
435.	Reiner Sowa	*L'ombre de la Napola*
436.	Giorgio Todde	*La peur et la chair*
437.	Boston Teran	*Discovery Bay*
438.	Bernhard Schlink	*Le nœud gordien*
439.	Joseph Bialot	*Route Story*
440.	Martina Cole	*Sans visage*
441.	Thomas Sanchez	*American Zazou*
442.	Georges Simenon	*Les clients d'Avrenos*
443.	Georges Simenon	*La maison des sept jeunes filles*
444.	J.-P. Manchette & B.-J. Sussman	*L'homme au boulet rouge*
445.	Gerald Petievich	*La sentinelle*

Composition Interligne
Impression Novoprint
le 15 janvier 2007
Dépôt légal: janvier 2007
1er *dépôt légal dans la collection: décembre 2006*

ISBN 978-2-07-031931-2/Imprimé en Espagne.

150437